O AUTO DA MAGA JOSEFA

Copyright © 2021 Paola Siviero

Todos os direitos reservados pela Editora Gutenberg. Nenhuma parte desta publicação poderá ser reproduzida, seja por meios mecânicos, eletrônicos, seja via cópia xerográfica, sem autorização prévia da Editora.

EDITORA RESPONSÁVEL
Flavia Lago

CAPA
Vito Quintans

EDITORA ASSISTENTE
Natália Chagas Máximo

EDIÇÃO DE ARTE
Diogo Droschi

REVISÃO
Bárbara Prince

DIAGRAMAÇÃO
Waldênia Alvarenga

**Dados Internacionais de Catalogação na Publicação (CIP)
Câmara Brasileira do Livro, SP, Brasil**

Siviero, Paola
   O auto da maga Josefa / Paola Siviero ; ilustrações Vito Quintans
– 1. ed.; 3. reimp. – São Paulo : Gutenberg, 2024.

   ISBN 978-65-86553-63-5

   1. Cultura nordestina 2. Ficção brasileira 3. Lit. Fantástica - Brasil, Nordeste I. Título II. Série.

21-62882   CDD-B869.3

Índices para catálogo sistemático:
1. Ficção : Literatura brasileira B869.3

Maria Alice Ferreira - Bibliotecária - CRB-8/7964

A **GUTENBERG** É UMA EDITORA DO **GRUPO AUTÊNTICA**

São Paulo
Av. Paulista, 2.073, Conjunto Nacional
Horsa I . Sala 309 . Bela Vista
01311-940 São Paulo . SP
Tel.: (55 11) 3034 4468

Belo Horizonte
Rua Carlos Turner, 420
Silveira . 31140-520
Belo Horizonte . MG
Tel.: (55 31) 3465 4500

www.grupoautentica.com.br
SAC: atendimentoleitor@grupoautentica.com.br

O AUTO DA MAGA JOSEFA

PAOLA SIVIERO

3ª REIMPRESSÃO

ILUSTRAÇÕES
VITO QUINTANS

Para a maior e melhor mulher que cruzou minha estrada. Você, da mesma forma que Josefa, sempre esteve à frente do seu tempo. E, como Toninho, semeou bondade por onde passou.

Obrigada pela estante lotada da qual sempre pude retirar o livro que bem entendesse. Recentemente abri um deles e ri ao ler na sua letra bonita: *Favor devolver*. Ah, como teria sido maravilhoso ver meu livro entre os que você guardava com tanto carinho!

A vida é breve, mas as palavras são para sempre. E aqui, eternizada no papel, tem um pouquinho de Vó Teca em cada personagem.

Esse é para você, vó.

Nota da autora   9

PRÓLOGO   15

1 O DIA DA CAÇA   23

2 FORRÓ, SANGUE E CACHAÇA   43

3 A MALDIÇÃO DA CASA GRANDE   63

4 O MISTÉRIO DO AÇUDE ORÓS   83

5 CÉU EM CHAMAS   99

6 A LUZ QUE ME ALUMIA   117

7 CORAÇÃO DE PEDRA   141

8 O OLHAR DA ESCURIDÃO   165

9 LUAS PASSADAS   179

10 O REPENTE DO INFERNO   199

Agradecimentos   217

Nota da autora

*Na bruma leve das paixões que vêm de dentro
Tu vens chegando pra brincar no meu quintal
No teu cavalo peito nu cabelo ao vento
E o sol quarando nossas roupas no varal.*

Alceu Valença, "Anunciação"

O auto da maga Josefa nasceu de uma provocação.

Em março de 2015, num grupo de autores, nós divagávamos sobre o fato de nos inspirarmos muito na literatura fantástica estrangeira para escrever o gênero por aqui. Uma influência tão forte que parecia nos impedir até mesmo de dar nomes brasileiros aos personagens em uma história com magia e criaturas imaginárias. Em dado momento, um colega tentou traçar uma linha, um limite do que seria palatável aos leitores: *"Acho que não dá pra escrever uma história no Nordeste com Michael e Elizabeth. Nem Toninho com espada e escudo, nem uma maga Josefa".*

Essa afirmação acendeu em mim uma vontade de provar o contrário. Afinal, na literatura, qualquer coisa é possível. Escrevi então, sem nenhuma grande pretensão, um microconto de um parágrafo em que Toninho e Josefa enfrentavam *trolls* do agreste. Era para ser uma brincadeira, apenas uma resposta meio debochada. Mas em 2017, lá estava eu, começando a busca por uma editora com o original d'*O auto da maga Josefa* nas mãos.

Quando me perguntam de onde veio a inspiração para escrever a história, acabo contando sobre essa discussão e confessando que os principais elementos me foram dados de bandeja. E essa é uma pergunta bastante frequente, dado que nasci em Belo Horizonte e cresci em São José dos Campos, no interior de São Paulo.

Por isso mesmo, durante o processo de escrita, enquanto as palavras guiavam Toninho e Josefa por pequenas cidades do agreste e do sertão, não eram as criaturas malignas caçadas por eles que me assombravam. Não, era o medo constante de errar. (E já que é para ser sincera, esse medo continua presente e duvido muito que exista alguma poção que consiga fazê-lo sumir um dia.)

Escrever esse livro foi uma das experiências mais incríveis que já vivi, mas também uma das mais desafiadoras. Afinal, eu estava criando uma fantasia ambientada no Brasil, mas em uma região e em uma época que não são meus por vivência. Havia, sim, muitas lacunas de conhecimento e tentei remediá-las da melhor forma possível: com pesquisa, entrevistas, além de diversas leituras e revisões de pessoas de diferentes estados do Nordeste.

A cada melhoria apontada por um leitor atento e solícito, a história e narrativa pareciam estar sendo lapidadas, tomando uma forma cada vez mais gentil. Durante o processo de edição para chegar a essa versão, discutimos, por exemplo, a oralidade nos diálogos, muitas vezes subvertendo regras em favor da naturalidade. Falamos também sobre termos e expressões mais apropriados, guiados sempre pela vontade de entregar uma obra que transmitisse o respeito e a seriedade com que esse processo foi feito.

E, mesmo depois de tanto cuidado e carinho, me sinto compelida a falar sobre dois pontos relacionados à representação do Nordeste neste livro: o tempo em que a história se passa e sua localização.

Aqui, tudo acontece no início da década de 1960. Portanto, as condições representadas são aquelas de uma realidade muito diferente, de uma época em que se discutiam planos para aumentar o acesso a algo tão básico quanto a energia elétrica. Há uma cena em que Toninho entra em uma casa e se surpreende ao ver uma televisão. Me lembro de ouvir meu pai, que é do interior de São Paulo, contar que na copa de 1970 ele e os amigos iam todos na casa do único conhecido que tinha um televisor apropriado para poder assistir à primeira transmissão em cores no Brasil. Por relatos assim, além de pesquisa, me pareceu apropriado demonstrar essa surpresa. E, no geral, isso se reflete na ausência de tecnologia, nas estradas de terra, nas construções muitas vezes bastante simples. Se Toninho e Josefa estivessem caçando criaturas malignas hoje em dia, sem dúvidas receberiam missões por áudios desnecessariamente longos de WhatsApp, aceitariam Pix e tirariam par ou ímpar para ver quem ficaria no quarto da pousada com ar-condicionado. Estava prestes a dizer que Toninho talvez preferisse se locomover de moto, mas senti o olhar de Véia sobre mim, cheio de julgamento, e apaguei a sugestão antes de levar um coice.

Além da questão do tempo, há também a da escolha dos locais: as cidades mencionadas no livro são reais. O processo de escolha de cada uma foi um tanto caótico, sem regras ou muito planejamento. Às vezes vagava por horas pelo Google Maps procurando um local que parecesse apropriado, calculando distâncias e dias de viagem à velocidade de uma mula encantada e de um galho de cajueiro voador. Em outras, fazia buscas do tipo "aparições de lobisomem na Bahia" – e que surpresa agradável descobrir que Inhambupe tem um título de terra do lobisomem! À procura de um grande açude, descobri que o de Orós tinha sido inaugurado em 1961, mas que um terrível arrombamento tinha ocorrido um ano antes. Em alguns casos, a busca pelo local ideal foi guiada para servir à narrativa, em outros, acabou por moldá-la.

Depois que batia o martelo, tentava retratar esses lugares usando fotos antigas e atuais, além de passeios virtuais muito agradáveis pelo Google Street View. Há capítulos em que cito pontos ou construções específicas, como a visão entre morros que se tem de Riacho das Almas a partir da estrada, o alto da Serra da Saúde na Vila de Samambaia, ou a igreja de Inhambupe. E em alguns, falo de maneira mais geral sobre a geografia ou o estilo das construções, às vezes sem descrever a cidade, como no caso da chácara fictícia de dona do Carmo em Estrela de Alagoas, ou a também inventada Fazenda de Caicó. Peço desculpas de antemão aos habitantes (humanos ou fantásticos) das cidades representadas pelas licenças poéticas ou eventuais deslizes. É verdade que a Pedra da Caveira é bem distante do centro de Araruna, mas acabei desconsiderando esse detalhe para permitir à pedra dançar.

Em sua maioria, as cidades n'*O auto da maga Josefa* tem menos de trinta mil habitantes, sendo a maior delas Quixadá, "Cidade Rainha do Sertão Central", com quase noventa mil pessoas e seus lindos monólitos que parecem fruto de magia ou de ação extraterrestre. São cidades localizadas no agreste e no sertão, em diferentes estados, cujo bioma predominante é a caatinga e que às vezes sofrem com estações secas mais rigorosas. Esse é o cenário retratado, mas é importante frisar que essa é apenas uma entre incontáveis realidades existentes em cada estado do Nordeste. Grandes cidades litorâneas, praias paradisíacas, mangues e regiões de Floresta Amazônica também seriam excelentes ambientações para a literatura fantástica nacional.

Por fim, torço para que *O auto da maga Josefa* possa te fazer rir e se emocionar. Minha jornada por essas páginas foi maravilhosa e espero que a sua também seja.

Boa viagem.

Paola Siviero

PRÓLOGO

Essa água dos meus óio
Algum dia vai parar
O bom filho volta à casa
Por isto eu vou voltar
Eu já vi ditado certo
Pr'aprender tem que apanhar.

João do Vale,
"O bom filho à casa torna"

Havia um fantasma no quarto de Toninho.

O garoto não conseguia vê-lo, já que não havia nascido com dons mediúnicos, mas desde pequeno aprendera a identificar os sinais. Apesar do bafo cálido que soprava pela janela aberta, um arrepio percorreu sua espinha. Toninho esquadrinhou o cômodo com a certeza desconcertante de que alguém o observava.

Havia um fantasma no quarto de Toninho. Ele sabia disso, assim como sabia que as estrelas brilhavam, pálidas, no céu sem nuvens do lado de fora.

Então fez o que qualquer criança de sete anos como ele faria: sentou-se no colchão fino de fibras, fez o sinal da cruz por força do hábito e atravessou o quarto até o armário na parede oposta. A lua estava cheia e banhava o ambiente; dava para ver as ripas entre o barro nas paredes e os troncos compridos que sustentavam as telhas lá em cima. A sensação do chão de terra batida sob os pés descalços era reconfortante. Toninho estava em casa, ao contrário da alma penada que viera o assombrar.

Abriu a porta do armário devagar para que ela não rangesse. De uma das prateleiras, pegou um crucifixo, um saquinho de chita cheio de sal grosso e um vidrinho com água benta.

A água, passou na testa, em forma de cruz – *pra lhe dar forças*, ouvia a voz do pai repetidas vezes em sua mente. O sal, jogou aos pés, formando um círculo, para garantir proteção. Por fim, segurou a cruz à sua frente, com as duas mãos. Alma, escudo e espada.

Iniciou o Pai-Nosso e o ar pareceu ficar espesso feito mingau frio. Era o espírito resistindo, querendo ficar. Seu pai havia explicado que o caminho para o além andava meio congestionado, por causa das mortes advindas da guerra no mundo. Todas as noites, depois do jantar, a família se ajuntava ao redor do rádio para ouvir as notícias. Na véspera, o locutor anunciara que Paris havia sido libertada e mainha ficara bastante feliz, prevendo que o fim da guerra não devia estar tão longe assim. De países distantes Toninho pouco entendia, mas a morte e os rituais de despacho eram parte de sua rotina tanto quanto farinha em suas refeições.

– Ô, diacho, segue logo a tal da luz – Toninho ordenou, num sussurro, sem querer acordar os pais.

O pai ou a mãe resolveriam o assunto em um minuto, pois eram os melhores caçadores de demônios de toda a Paraíba. Mas já haviam ensinado o filho a lidar com assombrações, a desfazer vodus e a espantar chupa-cabras. Era a primeira oportunidade que Toninho tinha para provar que conseguiria seguir os passos deles, e não a deixaria escapar.

Apertou o crucifixo nas mãos, respirou fundo e retomou a reza. A assombração resistia e o garoto, de alguma forma, sabia que o desencarnado tinha algo a dizer.

Com um misto de temor e empolgação, Toninho se decidiu e parou o ritual. Levantou o colchonete e puxou dali de baixo um segredo: um tabuleiro ouija, daqueles para conversar com os mortos, que o garoto tinha adquirido – em troca de uma galinha preta, um fio de cabelo de viúva e uma pedra de sal de rocha – de uma necromante amiga da família.

O pai não achava certo lançar mão daqueles artifícios para conversar com seres do além, costumava dizer que era invenção do sete-pele. Talvez por isso mesmo tivesse sido tão irresistível comprá-lo.

Toninho pegou o copo que estava na mesinha de cabeceira e verteu goela adentro o resto d'água. Quando estava vazio, pousou-o de cabeça para baixo sobre o tabuleiro.

– Que é que tu quer, encosto? – o garoto perguntou, com ambas as mãos sobre o copo. – Desembucha, que eu tô com pressa!

O objeto começou a ser arrastado e ele não conseguiu conter um engasgo de surpresa; era a primeira vez que utilizava tal artefato mágico. Acompanhou com os olhos enquanto o copo se movia em direção a cada letra do tabuleiro. Repetia mentalmente as sílabas conforme eram formadas.

Dona Branca com a faca na sala de estar.

Toninho suspeitou de que se tratava da pista de um crime. E, como se o morto assassinado desse seu último suspiro revelador, o copo formou mais uma palavra: *Juazeirinho*.

O vilarejo ficava a meio dia de viagem. Decidiu que iria até lá na mula encantada no dia seguinte, pela estrada de terra que o seu Getúlio tinha mandado abrir na região.

– Pode deixar que eu resolvo esse engodo, seu morto. – Então escondeu o tabuleiro de novo embaixo do colchão e retomou o ritual de mandar alma penada para o além. – "Pai nosso, que estais no céu…"

O fantasma retirou-se, rudemente, antes mesmo do amém.

Toninho sorriu para si mesmo, sentindo-se meio metido a besta; havia conseguido despachar o desencarnado e ainda por cima tinha nas mãos a informação para desvendar um crime. Estava se saindo um caçador melhor que a encomenda. Por um breve momento, perguntou-se para onde o espírito teria ido e se ele estava bem.

Enfiou os outros materiais de trabalho de volta no armário e se virou para voltar a dormir. Então viu, projetada no solo, a sombra de uma criatura maligna iluminada pelo luar.

– Ahhhh! – O grito quebrou o silêncio da noite e fez berrarem as cabras lá fora. – Cr'em Deus Pai!

Seu pai chegou em segundos, correndo com os cabelos escuros desgrenhados, vestido apenas de calções e com a peixeira em punho, desembainhada. A pele morena estava pálida do susto, mas ainda assim ele parecia pronto para o combate.

Mas Francisco estacou feito uma mula assim que avistou o ser apontado pelo filho. Só uma pessoa poderia ajudá-los.

– Maria, acode aqui!

A mãe surgiu sem demora. Um desavisado qualquer talvez achasse sua figura pouco ameaçadora: uma mulher negra de camisola comprida, corpulenta, o rosto franzido numa brabeza própria às chefes de família, cachos escondidos sob a touca e uma adaga em cada mão. Mas Toninho sabia que Maria era capaz colocar qualquer criatura para correr, sobrenatural ou não.

– Cadê? – ela indagou, vasculhando o quarto à procura do inimigo. – Demônio? Monstro de mangue? Gigante da chapada?

– Pior, muito pior! – o marido respondeu, apontando para a janela. – Um barbeiro!

A mulher fitou os dois e, sem soltar as adagas, apoiou os punhos na cintura e balançou a cabeça.

– Todo esse escarcéu por causa da porcaria de um barbeiro? Cambada de homem frouxo!

Maria arrancou o chinelo, dirigiu-se meio manca até a janela e acabou com o infelizinho numa tacada só.

Toninho e Francisco finalmente soltaram o ar. A mulher caminhou até eles e apontou a chinela em suas fuças.

– Por terem me acordado por causa disso – ela disse, enfática, virando a sola para mostrar o cadáver esmagado do inseto –, da próxima vez que uma mandinga der bode, cês dois vão mandar os demônios de volta pro quinto dos infernos sozinhos!

– Mas Maria, tu é a melhor de exorcizar demôni…

– Sem "mas Maria"! – ela repreendeu.

Pai e filho calaram-se, amuados. Um sopro morno veio da janela e os três, em sincronia, se contorceram em um arrepio.

– Passou um espírito aqui – Francisco concluiu.

Toninho não conseguiu conter o sorriso.

– Passou, painho, mas já mandei ele pro além.

Maria pousou a mão no coração e deixou o queixo cair. Os olhos de Francisco ficaram rasos de lágrimas.

– Oxe, meu filho tá virando caçador! – a mãe exclamou, arrochando o menino nos braços.

– Tô vendo que não foi só a cara que tu puxou da tua mãe – Francisco disse, a voz embargada, dando-lhe tapinhas no ombro. – Tua primeira missão, Toninho, e nem precisou de ajuda.

O sorriso do menino se alargou e seu peito se inflou. Depois, lembrou-se do que cruzara sua mente logo após o ritual.

– Tava aqui pensando – ele começou –, pra onde será que ele foi depois do despacho?

Os pais arquearam as sobrancelhas.

– Depende da vida que o cabra levou, meu filho – Maria respondeu.

– Será... será que quando chega a hora a gente sabe? – Toninho perguntou, com a pulga atrás da orelha. – Como é que eu sei se vou pro céu no final?

– Pois é claro que tu vai pro céu, que pergunta besta!

– Chico, ele não é mais criança – Maria disse, pousando a mão sobre o ombro do marido. Depois, virou-se para o filho: – Toninho, tu vai saber. Todo mundo tem um bichinho na cabeça chamado consciência, que avisa se estamos fazendo o que é certo. Ouve o teu bichinho e vai ficar tudo bem.

– Vou ouvir, mainha – ele prometeu. – Vou ouvir sempre.

Maria sorriu. Francisco virou a peixeira na mão e estendeu o cabo de madeira ao filho.

– Tome, meu filho. Se tu não é mais criança, precisa de uma boa arma.

A boca de Toninho se abriu. Ele esticou o braço devagar e, quando seus dedos tocaram a arma, anjos cantaram e trovões ribombaram – ou pelo menos era assim que Toninho gostaria de se lembrar do momento.

– Tu tem que cuidar muito bem dela – o pai explicou. – Manter afiada, polida, abençoada, envenenada e enfeitiçada. Nunca se sabe qual criatura vai aparecer no dia seguinte.

– Ela é linda. E pesada – o garoto disse ao balançar a peixeira de um lado para o outro.

Francisco concordou com a cabeça e depois deu um suspiro sofrido.

– Ah, meu filho, o peso da peixeira na mão nem se compara ao que um caçador carrega nos ombros. É o peso das mortes, da vida, do equilíbrio do mundo. – Os três se entreolharam. Toninho pensou no irmão, que deixara a casa meses antes para começar sua jornada. – Em breve, tu vai entender.

O garoto fitou a imensidão lá fora: o terreiro árido, o poço d'água lá no meio, o pé de umburana com seus braços nus e a cerca de estacas. Mesmo sem enxergá-la, sabia que, além da propriedade, serpenteava a estrada. O galo cantou; o sol não tardava a nascer.

E junto com ele, raiava em Toninho a vontade por grandes caçadas.

CAPÍTULO 1
O DIA DA CAÇA

Foi pro certo um caçador
De caçar não se cansou
Mas, se assim continuar
Só resta pra matar
Atirar na solidão.

Luiz Gonzaga e Janduhy Finizola,
"O caçador"

Já fazia tempo que Toninho percorria sozinho o agreste e o sertão, caatinga adentro, caçando de tudo. Havia resolvido casos de urubu comedor de gente viva no norte de Minas, chácaras infestadas por duendes no interior do Sergipe e até mesmo mortos que se recusavam a permanecer na tumba no Ceará. Demônios também, aos montes, tanto os que vinham encarnados em pele de monstros, como os possuidores de pessoas.

Mas nenhuma caçada assemelhava-se àquela.

O suor lhe escorria da testa aos baldes e pingava do queixo; era preciso uma força danada para segurar a possuída. Dentro da pequena casa de um cômodo, ele e o padre prendiam-na à rede, enquanto a mulher branca e loira gritava palavras em língua desconhecida, fazia caretas e se contorcia. No chão de terra batida, o caçador havia desenhado a giz a complexa Chave de Salomão, para prender o demônio assim que ele deixasse o corpo.

O clérigo proferia, em alto e bom som, as palavras sagradas para o exorcismo. Quando finalmente terminou, ouviu-se um grito final. A pobre coitada ergueu o tronco e abriu a boca, vomitando uma névoa escura e densa. A coisa moldou-se no ar, tomando aos poucos uma forma imaterial de criança. Toninho franziu o nariz quando a catinga de enxofre lhe chegou às ventas.

– Hi-hi-hi – o ser dos infernos zombou, com sua voz irritantemente infantil. – Tu não me pega, tu não me pega!

Em seguida, a criatura correu pelos ares, deu um tapa na orelha de Toninho e saiu pela janela aberta.

– Ah, demônio da moléstia! – o caçador praguejou, punhos ao ar.

Aquele caso parecia não ter fim. Toninho e o padre seguiam o rastro do desgraçado desde Venturosa, no agreste pernambucano. O maior ponto turístico do município, a Pedra Furada, era na verdade um portal pelo qual chegavam espíritos e criaturas de outros mundos.

Não havia como impedir a passagem ou mesmo tapar o rasgo entre realidades paralelas, mas, normalmente, alguém dava cabo dos seres antes que eles se tornassem um estorvo: um caçador, um padre, um santo, um orixá, um preto-velho ou qualquer outro com poderes divinos e dois dedos de paciência.

Porém, com o demônio-criança a situação era diferente. Toninho e padre José já haviam conduzido cinco exorcismos diferentes para mandar o filho de uma égua de volta para os quintos e, após cada um, ele tinha conseguido escapar para ir possuir um novo pobre coitado. A Chave de Salomão nunca deixara Toninho na mão na hora de prender um demônio, mas dessa vez não estava funcionando. Algo parecia errado.

    A ex-possuída começou a soluçar assim que o mal deixou seu corpo. O caçador deveria tentar acalmá-la, explicar sobre o mundo sobrenatural, mas estava exausto demais para isso. Então tirou o gibão de couro, verteu a água da jarra em uma bacia de barro e enxaguou o rosto, tentando lavar a frustração, enquanto o padre colocava uma compressa fresca na testa da pobre.

    – Homem, tu é o pior caçador de demônio da história – padre José disse. Gotas de suor reluziam no seu rosto negro e magro. – Os últimos fios de cabelo preto que eu tinha agora ficaram brancos por sua culpa.

    – Oxe, e que culpa eu tenho se esse demônio consegue passar pela chave? E o desenho tá certinho, que eu conferi nos livros – o caçador garantiu, indicador levantado e tudo. – Mas tenho um plano, padre, podemos consultar uma cigana...

    – Aqui é meu ponto final, meu filho – ele interrompeu, sacudindo a batina para tentar espantar o calor. – De agora em diante, essa estrada é só sua.

    – Tu vai me abandonar?! – Toninho indagou. – E como é que eu vou exorcizar o demônio sozinho?

    O clérigo respirou fundo e balançou a cabeça.

    – Toninho, não é por mal, mas preciso voltar para minha paróquia – ele explicou, de braços abertos. – Recebi uma asa-branca-correio dizendo que uma gárgula apareceu na torre do sino. Se eu não cuidar disso agora, a igreja vai ficar infestada.

    A notícia foi um balde de água quente – já que um de água fria naquele calor seria muito bem-vindo. Toninho sabia que não adiantava insistir, então apenas assentiu. Os dois despediram-se rapidamente e Toninho decidiu seguir viagem. Atravessou a porta capenga da casa, arrastou-se pela rua poeirenta e viu sua mula encantada ao longe, descansando sob a sombra de um juazeiro. O sol recém-nascido já sapecava a pele, com a promessa de mais um dia escaldante.

– Agora somos só eu e tu, Véia.

A mula relinchou um protesto.

– Sei que a culpa é minha – Toninho respondeu, mal-humorado, prendendo à já lotada cela os apetrechos que utilizara no ritual. Em um dos bolsos, guardou os tocos de giz. – Mas apontar dedos ou cascos não resolve o problema. Preciso de tua ajuda. Temos que achar o demônio de novo e alguém que saiba me dizer por que diabos a Chave de Salomão não está funcionando.

O caçador pôs o chapéu de couro, apoiou o pé no estribo e, num impulso, acomodou-se no lombo do animal. Véia entendia o que ele dizia, por isso não era necessário usar esporas, nem mesmo um toque de calcanhar; Toninho esquecera-se disso apenas uma vez e fora lançado longe. Além do mais, ela tinha um faro apurado para seguir o rastro de criaturas mágicas, amarrações e monstros da noite. Na maioria das vezes, era a própria mula que encontrava as missões. Então, Toninho apenas deu a ordem:

– Pra dentro da caatinga, Véia.

A monotonia árida açoitava a paisagem: uma estrada de terra vermelha ladeada por xiquexiques cheios de braços, caroás espinhosos e angicos sem folhas. Era mês de janeiro, quase fim da estação seca no agreste pernambucano, e não chovia no Vale do Ipojuca havia pelo menos quatro meses. Até os animais pareciam abobados pelo calor; o único som esporádico era o de um calango atravessando o caminho ou o assovio melodioso de um curió.

Depois de boas horas na estrada, Toninho avistou, entre morros, um vilarejo no horizonte. Quase uma hora mais tarde adentrava o local, com suas casinhas coloridas, uma capela amarela e a agitação de uma feira livre.

Desmontou, para que Véia pudesse descansar, e caminhou em meio ao aglomerado de pessoas. Logo descobriu que estava em Riacho das Almas. Nas barraquinhas da feira vendiam-se tecidos, santos de madeira, louças de cerâmica, macaxeira, galinhas e cabras raquíticas, laranjas e abacaxis que deviam vir de Caruaru, dentre outras iguarias. Na frente de uma casa simples, ao final da rua, uma senhora anunciava os pratos do dia. A comida borbulhava em panelas de ferro sobre um fogão a lenha, e Toninho apontou para a do meio.

— Me veja um sarapatel, faz favor — pediu, com água na boca. — Com bastante farinha.

— Toma lá, meu filho — ela respondeu, oferecendo a cumbuca e tomando as moedas de cruzeiro que o caçador lhe estendia.

Depois de comer, passou a observar as pessoas; aprendera que há muito a se dizer de alguém por suas compras. A maioria parecia normal, mas uma análise minuciosa revelava aqueles que de alguma maneira envolviam-se com o sobrenatural. Um homem ali insistia em levar apenas galinhas pretas, uma mulher de olhos esbugalhados comprava o estoque inteiro de alecrim de uma barraca, mas foram sussurros apressados que chamaram a atenção dos ouvidos bem treinados do caçador.

— Tu tem preá?

— Tenho — o açougueiro respondeu, baixinho. — E tá limpinho.

Comer ratos não era lá muito bem visto, tampouco era indício de atividade macabra. Toninho fingia observar as peças de charque e os baldes de banha onde eram conservadas as carnes mais frescas, enquanto escutava.

Já tinha se decidido que a mulher era apenas uma apreciadora de carnes exóticas quando a estranheza voltou à negociação.

– Eu queria com o couro – ela explicou. – Não tem um aí sem limpar? Ou vivo mesmo, também serve.

– Ó, dona, eu guardei o couro. Se tu quiser, lhe vendo a carne e o couro por um bom preço.

– O couro ainda tá com os pelos?

– Tá. Eu só esfolei e pus pra secar.

– Então vou levar. Mas só o couro, a carne não – ela disse, ao ver que o cabra já havia puxado de um dos baldes o bichinho desencapado. – Que ideia de jerico essa de comer ratos.

O açougueiro engoliu o desaforo e fez um preço bastante salgado pela pequena peça de couro que ainda nem estava curtida. A mulher enfiou-se entre as ruazinhas da vila e Toninho a seguiu. Viu quando ela jogou fora o couro numa esquina vazia.

– Tava precisando de pelo de rato pras tuas bruxarias?

A mulher virou-se num supetão e Toninho a encarou pela primeira vez. Tinha traços fortes: sobrancelhas grossas, lábios fartos, maxilar bem marcado. Parecia jovem e ao mesmo tempo exalava um ar de sabedoria. Seus longos cabelos negros ondulavam num brilho intenso e seus olhos cor de terra lhe conferiam um ar sobrenatural. Havia algo de macabro e luminoso naquela figura.

– Sentiu meu perfume e veio atrás de mim, caçador?

Além de bruxa, a bicha era adivinha.

– Mais ou menos isso. – O mérito do faro mágico era de Véia.

– Tu vai tentar me matar aqui mesmo? – ela perguntou,

com um sorriso maquiavélico. – Ou quer ir para um lugar mais reservado?

Naquele momento, Toninho deu-se conta do problema. Ele tinha vindo pedir ajuda, não matar ninguém. Mas se a mulher achava que ele achava que devia matá-la, era porque a danada tinha razões para ser perseguida. E, no meio de tanta achice, o caçador passou a achar também.

Sacou a peixeira, pois não tinha certeza de qual tipo de criatura se tratava. Sua lâmina tinha poderes diversos: era de prata, para dar conta de lobisomens; benzida, para enviar demônios de volta ao inferno; amaldiçoada, caso ele enfrentasse anjos caídos; banhada em veneno de cobra, se tivesse que acabar com chupa-cabras ou mulas sem cabeça; e bem afiada, para dar cabo de cabras safados.

Na rua vazia, o vermelho do chão confundia-se com o dos muros das casas de barro. Toninho posicionou-se para o duelo. O sol estava alto e impiedoso; não havia sombras, nem dúvidas. A terra seca logo beberia o sangue de um dos dois.

– Se tu quiser confessar teus pecados, a hora é agora – ele avisou.

A mulher misteriosa riu.

– Tu não sabe nem mesmo o que sou, não é mesmo, caçador? – ela perguntou. – Gente como eu não reza, nem pede perdão.

Ela gesticulou as mãos de uma forma complexa e a peixeira de Toninho voou longe, atirada pelo impacto de ar. Aquilo era magia pura, de sangue, sem truques. A mulher só podia ser uma coisa:

– Maga – o caçador concluiu, desarmado e desavisado.

Sem o preparo necessário, ele não tinha nenhuma chance contra a filha do capeta. Bruxos eram humanos que se metiam com receitas macabras, mas magos eram a cria de uma mulher com o próprio sete-pele, que vinha lá de baixo deitar-se com as coitadas. Eram coisa rara e perigosa; seu poder demoníaco era visceral e a intensidade variava de acordo com a idade. E, dada aquela demonstração, não se tratava de uma jovem donzela. Toninho só não estava morto ainda porque a maga parecia apreciar a tortura da espera.

— Tu tem sorte que hoje eu tô de bom humor — ela disse, dando de ombros. Depois o enxotou com a mão, como se faz com uma mosca. — Vá-se embora logo, antes que eu mude de ideia.

Toninho, de tão aturdido, não se moveu. Já tinha levado a mão à cruz sob a camisa e começado a pedir perdão pelos últimos pecados.

— Tu não vai me matar?

— Bom, se perguntar de novo, eu vou — ela respondeu. — Tu é burro ou corajoso além da conta? Toca a mula, caçador.

Mula. Se Véia o levara até lá, era porque sabia que a maga poderia ajudar. Se a sorte estava ao seu lado, talvez Toninho pudesse abusar.

— Tô atrás de um dos teus irmãos, que resolveu possuir o agreste pernambucano inteiro.

Ela apontou um dedo na direção de Toninho, que se encolheu todo, esperando uma magia mortal das brabas.

— Ah! Então é tu que tá fazendo esse furdunço todo? — a mulher meio que perguntou, meio que concluiu. — Toda vez que eu tô no rastro dele, vem alguém e exorciza o danado.

— Bem, eu e o padre... tava tudo certo, mas ele escapou da Chave de Salomão...

— Uma Chave de Salomão comum não prende esse demônio, não, homem.

— Pois é, isso eu já percebi. E vim até aqui procurar ajuda, não sei mais o que fazer pra acabar com o desgraçado.

A maga o encarou por uma eternidade, mordeu o lábio e suspirou de um jeito desacreditado.

– O sol deve ter fritado os meus miolos – ela sussurrou, mais para si do que para o caçador. – E se juntarmos forças e o caçarmos juntos?

– Eu e tu?

– Não, *eu* e tu – ela explicou com veemência, apontando para si. – Eu dou as ordens.

– E por que tu?

– Porque eu quero – a maga respondeu, entredentes. Talvez a sorte do caçador estivesse começando a rarear.

– Ah, explicando assim bem explicadinho, tudo bem.

Ela cuspiu na mão e a estendeu ao caçador.

– Josefa – ela disse, apresentando-se.

Toninho sabia que aquela era uma forma mágica de impedir que um traísse o outro.

– Pacto de cuspe? – ele questionou, franzindo o nariz, sem muita vontade de colar sua mão à dela. – Achava que teu povo gostava mesmo era de pacto de sangue.

– Pra roubar almas, sim – Josefa respondeu, com um sorriso maligno.

O caçador arregalou os olhos, cuspiu na própria mão mais que depressa e selou o acordo com a filha do diabo.

– Antônio Francisco da Silva Teixeira – ele respondeu, apertando a mão firme da bichinha. – Ou só Toninho, pros inimigos mais íntimos.

– Josefa?
– Que é, Toninho?
– Quem vai fazer o quê?
– Eu desenho a Chave, tu segura e exorciza o safado.

— Por que eu?

Ela inspirou fundo, virou a cabeça lentamente para o caçador e estreitou os olhos terrosos.

— Primeiro, porque tu não sabe fazer a chave certa. Segundo, porque eu tô mandando.

— Falando assim até que faz sentido.

Com a ajuda do faro aguçado de Véia, descobriram que o desgraçado tinha possuído um senhor de idade, lá na zona rural do município. Durante horas, prepararam o ataque: Josefa fez um encantamento para que o demônio não percebesse a aproximação de seus capatazes, Toninho se benzeu para dar mais força ao exorcismo e Véia se retirou para descansar.

Madrugada avançada, a dupla estava em frente à casinha azul de janelas vermelhas. O encantamento seria quebrado assim que os dois atravessassem a entrada da casa, e o demônio provavelmente viria pra cima com tudo.

— Tá pronto, caçador? — ela perguntou, mão estendida à frente, preparando mais uma magia.

— Nasci pronto.

Com uma explosão, a porta estilhaçou-se, lançando lascas de madeira para todos os lados.

A sala estava iluminada por velas negras, e galinhas e cabras destroçadas jaziam no chão. Diversos símbolos demoníacos tinham sido pintados a sangue nas paredes. O cheiro era podre, de fazer o estômago embrulhar. Mas Toninho teve apenas alguns segundos para absorver a cena toda. Do quarto, veio o velho correndo, bem mais rápido do que seria possível para alguém de sua idade.

Os olhos do homem estavam brancos, virados para cima, seu pescoço pendia em um ângulo estranho, a boca estava aberta e os braços, ao ar. Em resumo, estava prontinho para esganar o primeiro cabra em que pusesse as mãos. Para uma pessoa comum, a cena seria aterrorizante. Toninho, entretanto, sentia no máximo um pouco de gastura por causa daqueles olhos brancos.

Deixando a aflição de lado, o caçador atirou-se contra o possuído. Embrulharam-se por alguns segundos, mas o velho tinha uma força descomunal e o arremessou longe.

— Tá lascado! — ele anunciou à maga, acariciando o cocuruto. — O velho é mais forte que um troll do agreste!

— E tu é tão útil quanto um balde em açude seco! — Josefa ralhou, gesticulando com as mãos e franzindo o cenho como se fizesse força.

De suas palmas, brotou um fio prateado que logo adquiriu a forma de uma cascavel. O bicho etéreo flutuou e enrolou-se em volta do velhinho. Ele, por sua vez, começou a gritar e balançar a cabeça freneticamente.

— Cara feia pra mim é fome, demônio! — ela repreendeu. — Se aquiete!

— Irmã! — o velho gritou, com aquela voz estridente de criança. — Sou eu, irmãzinha querida, me solte!

— Qual é o teu nome, coisa ruim?

— Asmodeus — ele respondeu, com um sorriso inocente. A voz e expressão infantis na cara enrugada seriam cômicas se não fossem bizarras.

— Já ouvi falar muito de ti, filho de Lúcifer e Lilith. Dizem as más línguas que tu é um dos piores lá de baixo.

— Pois então o povo do agreste não é tão burro quanto eu pensava — Asmodeus respondeu, com um sorriso largo nos lábios.

Toninho se arrepiou todo. De repente pareceu má ideia estar sozinho com uma maga e um demônio num altar de bruxaria. Ele havia aceitado a oferta de Josefa sem nem ao menos questionar seus motivos. Havia o pacto de cuspe, mas a maga com certeza conseguiria burlá-lo se assim desejasse.

— Pois é hoje que tu volta pra casa, Asmodeus — Josefa anunciou.

— Não! — O demônio abriu um berreiro. Bateu o pé.

A maga o ignorou e passou a desenhar a chave especial no chão.

— Ande logo com o exorcismo, caçador!

Toninho abriu o caderninho que levava no gibão e começou a recitar as palavras santas em latim:

— *Regna terrae, cantate deo, psállite dómino, tribuite virtutem deo Exorcizamus te...*

"Reinos da Terra, cantai por Deus, atribua o poder Dele para exorcizar..."

Sabia o significado de cada uma, mas recitava-as de maneira automática, da mesma forma como se reza um Pai-Nosso ou uma Ave-Maria.

Josefa precisou de uns bons minutos para terminar o complexo desenho: em vez de cinco, aquela estrela tinha oito pontas, e muito mais pantáculos que a tradicional Chave de Salomão.

O rosto moreno da maga ficava mais pálido conforme o ritual avançava. O suor grudava seus cabelos escuros à fronte e a serpente que prendia o velho se desvanecia aos poucos. Toninho desconfiava que seria necessário um esforço enorme para manter a mágica ativa.

— *Ergo, draco maledicte et omnis legio diabolica, adjuramus te per Deum vivum, per Deum verum, per Deum sanctum...*

"Portanto, dragão amaldiçoado e toda legião diabólica, nós te conjuramos pelo Deus vivo, pelo Deus verdadeiro, pelo Deus santo..."

Josefa soltou um soluço de agonia e desenhou os últimos símbolos entre gemidos contidos. Assim que terminou, largou o giz e desfaleceu no chão. Sua respiração estava entrecortada, mas ainda assim a cobra mágica mantinha o velho no lugar.

— *Ab insidiis diaboli, libera nos, Domine. Ut Ecclesiam tuam secura tibi facias libertate servire, te rogamus, audi nos. Ut inimicos sanctæ Ecclesiæ humiliare digneris, te rogamus audi nos.*

"Das ciladas do demônio, livrai-nos, Senhor. Que a Tua Igreja possa servir-Te em paz e liberdade, nós te pedimos, ouvi-nos. Humildemente vos pedimos, livrai-nos dos inimigos da Santa Igreja, nós Vos suplicamos, ouvi-nos Senhor."

O caçador recitou as últimas palavras, o cheiro de enxofre subiu e a fumaça preta brotou da boca do velho. Este estatelou-se no chão de quatro e saiu engatinhando, enquanto choramingava baixinho. A fumaça, por sua vez, adquiriu novamente aquela forma quase corpórea, na estatura de um garoto de cinco anos bem alimentado ou um de sete, desnutrido.

Josefa pareceu recuperar um pouco das forças e levantou-se.

— Eu não quero ir pro inferno, por favor — o diabinho pediu, a boca torta em um choro. — Lá é mais quente e árido que o polígono das secas nos anos mais difíceis. Não existe água em lugar nenhum. As pessoas estão sempre vagando com sede e com fome, a garganta fica colada e o estômago, doendo. Tem gente que come terra. Tem gente que *vira* terra, irmã! Alguns se cortam pra beber o próprio sangue. Uns cortam os *outros*, como vampiros. A dor... é intensificada no inferno. Amplificada mil vezes. E enquanto as pessoas choram lágrimas de poeira, Lúcifer ri. A risada dele é sempre o fundo musical da paisagem desértica. Eu...

só queria poder viver um pouco como ser humano, sentir algo que não fosse dor. Por favor!

Era a primeira vez que Toninho ouvia uma descrição do inferno feita por alguém que tinha estado lá. Seu coração pareceu se partir em mil pedaços. Ninguém merecia aquilo. Talvez nem mesmo os demônios.

A maga, entretanto, riu.

— Se eu fosse uns duzentos anos mais nova, talvez caísse na tua lábia, Asmodeus. Mas hoje tu volta pro inferno — Josefa anunciou, sem nenhum pingo de misericórdia na voz. — E do jeito que vou te expulsar, tu não volta tão cedo.

Da bolsa a tiracolo, a maga começou a sacar alguns ingredientes. Um punhado dos pelos de preá, folhas secas de maracujá, um vidrinho com um líquido escarlate, uns retalhos de tecido, linha e agulha, uma garrafa de cachaça, uma caixa de fósforos...

— Oxe, essa bolsa não tem fundo, não? — o caçador questionou, ignorando o demônio que esperneava sobre o desenho de giz.

— Tem, lá no armário de casa — ela respondeu, com naturalidade, enfiando o braço inteiro que fisicamente não deveria caber na bolsinha de couro.

O retalho de chita já estava cortado na forma de uma pessoa.

— Tu vai fazer um boneco de vodu?!

— Vou. Vodu de demônio foi meu projeto de doutorado — ela explicou. Então começou a estofar o molde de tecido com os pelos de preá e as folhas de maracujá. Por fim, costurou a parte aberta. — Pelo de rato é um ingrediente ótimo, sempre cheio de sujeira.

— E as folhas de maracujá?

— É só pra disfarçar o cheiro.

— E esse sangue que tu tá pingando aí, é de quê?
— De corno. A brabeza fortalece a magia que é uma beleza — ela disse, usando aquele tiquinho de sangue para fazer umas runas sobre o tecido. — Mas acabou. Tu me dá um pouco do seu?
— Sai pra lá que eu nunca fui corno não, abestada!
Josefa riu com desdém.
— Homem às vezes é um bicho bobo, né não? A gente já tá em 1961 e vocês ainda achando que é vergonha ser traído.
Josefa rolou os olhos e continuou o processo. Falou algumas palavras em uma língua que não devia ser de Deus, enquanto o demônio continuava suplicando.
— Irmãzinha, nós somos família...
— Ah, Asmodeus, disso eu sei muito bem. E tudo o que desejo pra minha família é que ela vá arder no quinto dos infernos.
Josefa encharcou o boneco de cachaça, riscou um fósforo e pôs fogo no vodu.
Ao mesmo tempo, o demônio incendiou-se, berrando e xingando, prometendo vingança. O fogo queimava verde, e logo subiu um cheiro insuportável de...
— Josefa — Toninho começou, cobrindo a cara com um lenço —, QUE CHEIRO DE MERDA!
Ela riu pela segunda vez naquele dia.
— É o cheiro do inferno, caçador, tu esperava o quê? — a maga explicou, como quem não pudesse fazer nada. — Mas e as folhas de maracujá, não amenizaram um pouco?
Toninho caiu na besteira de dar uma boa fungada. E correu para fora da casa, para devolver o sarapatel do meio-dia.

Já havia amanhecido. Depois que o velho se acalmou, os dois deixaram a casinha, mas antes de ir Josefa pegou o boneco de vodu semicarbonizado e o enfiou na bolsa.

– Tu vai guardar isso? – Toninho perguntou.

– Vou – ela respondeu. Pela primeira vez parecia meio sem jeito. – Eu gosto de levar lembranças das minhas caçadas.

Toninho deu de ombros. *Cada um com suas esquisitices*. Tinha perguntas mais importantes a fazer e mal sabia por onde começar.

– O que era aquela lambança que o demônio fez com o sangue dos animais?

– Era um ritual de apoderamento carnal, pra ficar no corpo do velho pra sempre. Asmodeus disse que queria viver como um ser humano, lembra?

– Pois já tenho muitos anos de caça e nunca vi demônio nenhum fazer isso! – Toninho exclamou.

– Acontece que esse não era um demônio qualquer. Ele é um dos filhos de Lúcifer.

– E não é tudo parente lá embaixo?

– Mais ou menos. A maioria é tipo primo e tio distante. Mas Asmodeus é filho direto do Tinhoso e de Lilith: carne, sangue e sombra. Um demônio de primeiro grau.

Toninho matutou sobre o assunto mais um pouco antes de continuar.

– Por isso o desgraçado não ficava dentro da Chave de Salomão comum.

– Na mosca – Josefa confirmou.

– E tu pode me ensinar a desenhar essa chave cheia de firulas?

– Ensinar, até posso, se tu vai conseguir aprender é outra coisa – ela alfinetou, e depois começou a gaguejar:

— Mas e se... o sol tava realmente forte hoje... e se continuássemos caçando juntos por mais um tempo?

Toninho franziu as sobrancelhas.

— Eu e tu? Quer dizer, tu e eu — ele apressou-se em corrigir. — Confesso que pra mim seria útil, tu parece saber muita coisa e eu poderia aprender bastante. Mas que vantagem tem pra tu nessa história toda?

Josefa enrubesceu.

— Oxente, não posso só querer ajudar?

Toninho não acreditava muito naquela enxurrada de bondade. O fato é que o caçador tinha sentimentos mistos em relação à proposta. Por mais que a dupla tivesse se mostrado bastante efetiva, trabalhar em conjunto com a maga como fruto do acaso era uma coisa — já resolvera casos com ciganos, espíritos e até mesmo com um gigante —, mas se aliar a ela era bem diferente.

Ante ao olhar desconfiado, a maga suspirou.

— Tudo bem. É que tem coisa que não consigo fazer sozinha — ela revelou, com a cara amarrada. — Não consigo conduzir exorcismos. As palavras santas... eu tenho sangue de demônio correndo nas veias, entende?

Toninho sentiu-se culpado, provavelmente lhe causara sofrimento durante o ritual. Aquilo fazia sentido, mas ainda havia um mistério.

— E por que diabos tu tá caçando os da tua laia?

Josefa estreitou os olhos e apertou os lábios. Quando ela abriu a boca, Toninho achou que um feitiço de morte fosse ser proferido.

— Vocês, caçadores, se acham os únicos seres iluminados da Terra. Vocês acham que nasceram pra isso, que são predestinados, bondosos por natureza. E desprezam qualquer outra criatura — ela disse. — Se for pra ficar questionando meus motivos, vá pra baixa da égua e me deixe em paz. Adeus.

Josefa já havia lhe dado às costas.

– Desculpe! – ele gritou. – Talvez nós sejamos mesmo um pouco arrogantes... É só que eu nunca tinha visto uma maga caçando antes, só fiquei encucado – confessou. – Mas quero, sim, caçar contigo. Só que tem que ser eu e tu, tu e eu, autoridade e direitos iguais.

– Sessenta por cento eu, quarenta por cento tu, e dê-se por satisfeito – Josefa corrigiu, com um dedo perigosamente mágico apontado para o caçador. – Na autoridade e no lucro, já que a maior parte do trabalho vai acabar sobrando pra mim.

– Tu é uma lazarenta. Mas como tenho bom coração, vou aceitar!

Toninho cuspiu na mão e a estendeu à maga. Ela contorceu a cara e meneou a cabeça.

– Já basta de pactos por hoje.

Toninho limpou a mão nas calças enquanto caminhavam em direção à entrada da cidade. Encontraram Véia pastando junto a outros animais, às margens do leito seco do Riacho das Éguas.

Para alguém que não estivesse acostumado com as estações do agreste, a visão talvez parecesse desoladora. Mas Toninho sabia que dali a alguns meses a água voltaria. Quando acontecesse, as pessoas voltariam às margens com bacias repletas de roupas sujas, sabão de banha, esfregadeiras de madeira e muita força nos braços. Dentro do riacho, as crianças se banhariam e jogariam água para cima, formando no ar cristais que resplandeciam ao sol da manhã. As mães ralhariam um pouco por conta dos respingos, mas se refrescariam na brincadeira.

Toninho percebeu que devaneava com um sorriso nos lábios, recordando-se da própria infância e abençoando a ignorância e a pureza de coração. Deu dois tapinhas no lombo da mula e se acomodou na cela. Depois, ofereceu a mão para que a maga pudesse subir.

– Não se preocupe, Véia é uma mula encantada, pode cavalgar por semanas a fio e carregar muito peso – Toninho se gabou. Véia relinchou em protesto. – Não que eu peça isso, porque essa aqui é braba que só vendo.

Josefa riu com certo desprezo.

– Tenho um meio de transporte muito melhor. Com todo respeito – Josefa se apressou em dizer, quando Véia bateu os cascos traseiros no chão.

Dito isso, a maga abriu novamente a bolsa, enfiou-se até os ombros e veio puxando algo de dentro. Era um galho de cajueiro, com galhos finos na ponta, folhas verdes e dois cajus pendurados, ainda amarelos. Ela passou uma perna por cima, deu um impulso no chão e alçou voo.

Toninho encarou a visão por alguns instantes, perguntando-se mais uma vez pelos motivos secretos da mulher. *Painho me diria que isso fede a enrascada*, pensou. Mas Toninho nem sempre escutara o pai, era por natureza mais ousado. E, afinal, poderia aprender muito com a maga, se tornar um caçador de demônios ainda melhor com a ajuda dela. Que mal poderia haver?

Josefa virou-se lá do alto na direção dele, cabelos negros ondulando ao vento.

– Tá esperando o que, caçador? Dá-lhe estrada, que a estação da seca tá longe de ser a única maldição do agreste!

CAPÍTULO 2
FORRÓ, SANGUE E CACHAÇA

Ai, que saudades tenho
Eu vou voltar pro meu sertão
No meu roçado trabalhava todo dia
Mas no meu rancho tinha tudo o que queria
Lá se dançava quase toda quinta-feira
Sanfona não faltava e tome xote a noite inteira.

Carmélia Alves,
"Pé de serra"

— Buchada — Toninho respondeu, afastando as moscas com a mão, quando o dono da hospedagem veio tirar o pedido do almoço.

— Buchada? — Josefa repetiu, encarando-o com as sobrancelhas arqueadas e uma irritante expressão de reprovação. — Buchada de bode?

— E tu já viu alguém comer buchada que não seja de bode, mulher? — o caçador perguntou, mas melhorou o tom assim que a expressão da filha do capeta mudou de irritante para irritada. — Qual é o problema, tu não gosta de buchada?

— Claro que gosto — ela respondeu. — Mas vai saber o que fizeram com o bode quando tava vivo.

— Ô dona, calma lá! Eu mesmo crio meus bodes no

terreiro aqui de trás! – o dono do estabelecimento retrucou.
– Tudo bicho bem-criado e limpinho.

Dado o estado do avental imundo que ele usava, o homem não passava lá muita confiança.

Josefa revirou os olhos, mas se deu por vencida.

– O outro prato é frango com quiabo, não é?

– É.

– De que cor era a galinha?

O homem piscou várias vezes, cruzou os braços sobre a barriga avantajada e a mirou.

– De que cor... era a galinha...?

– Uma buchada e um frango com quiabo, faz favor – Toninho apressou-se em dizer, antes que a discussão esquisita continuasse. Esperou o sujeito se afastar antes de voltar-se para a maga. – Josefa, que furdunço é esse com os bodes e as galinhas?

– Não é furdunço, só não quero comer bicho usado em ritual de bruxaria! Dá uma dor de barriga danada – ela explicou. – Mas agora deixe de conversa-fiada e vamos aos negócios.

A notícia das mortes espalhara-se como fogo em palha seca. Três homens haviam sido assassinados no vilarejo de Livramento, na Paraíba, não muito longe da fronteira com Pernambuco. Os defuntos tinham sido encontrados em bibocas escuras ao amanhecer, mas não era a violência em si que havia chocado a população, e sim o estado dos cadáveres.

Secos. Quase sem sangue.

O pai da segunda vítima era um fazendeiro de posses, descendente de um dos fundadores da vila e acreditador de monstros e encostos. Ele pediu ajuda a um conhecido, que falou com um primo de terceiro grau, e este por sua vez contou para a mulher, que mandou dizer ao cunhado do genro – um vidente, desses que acerta até previsão de pedra nos rins – que entrasse em contato com algum caçador de demônios. O homem enviou um sussurro ao vento pedindo ajuda e prometeu uma boa recompensa.

Toninho e Josefa atenderam ao chamado sem demora; era o primeiro caso oficial da dupla. Durante a viagem de oito dias até Livramento, um novo assassinato ocorrera, e os dois passaram a noite inteira recolhendo relatos e estendendo lenços a amigos e parentes da vítima.

– Que é que tu acha, Toninho? – a maga perguntou, batucando os dedos sobre a mesa do restaurante enquanto aguardavam a comida.

– Pra mim é um chupa-cabra que tomou gosto por sangue de gente.

Josefa ficou em silêncio por alguns segundos.

– Sei não, caçador. – Ela o encarou com os olhos terrosos, que pareciam mais escuros sob a sombra da preocupação. – Chupa-cabras fazem uma lambança danada quando atacam, e não havia nem respingo de sangue na roupa dos pobres coitados. – Sua expressão ficou vaga e seu olhar, longínquo. – Já vi algo assim, mas faz tantos séculos...

– O quê? – Toninho questionou, a ansiedade para ouvir histórias antigas escorrendo em sua voz. – Desembucha logo.

– Vampiros.

O silêncio ficou pesado no ar, interrompido apenas pelo zumbido das moscas. Então a risada de Toninho rasgou o restaurante; uma daquelas gargalhadas de doer o bucho.

– Essa foi ótima, maga, tu quase me pegou.

Josefa estreitou os olhos.

– Tá achando que eu tenho cara de palhaça, pra ficar te divertindo?

Toninho se engasgou no riso e se aprumou na cadeira de madeira.

— Tu... tá falando sério? — ele questionou, com cuidado, deixando de lado qualquer vestígio de divertimento. — Isso é coisa de época colonial, eles tão extintos no Brasil. E, além disso, vampiros na *Paraíba*?!

Vampiros eram seres de origem europeia e haviam chegado ao Brasil junto com as primeiras levas de imigrantes portugueses. O mais poderoso deles, conhecido como Manoel-Dentes-de-Mel, mordera e transformara membros da corte, estabelecendo um clã baseado na capital da época, Salvador. Mas é de conhecimento popular que vampiros não suportam o calor, que dirá o verão da Bahia. Muitos embarcaram em navios de volta para a Europa e outros seguiram por terra para a Argentina. Se alguém dissesse que havia um deles no Rio Grande do Sul, Toninho poderia até acreditar, mas vampiros no agreste paraibano era apenas um grande desatino.

— É improvável — Josefa assumiu —, mas não impossível.

Comeram em silêncio, queimando os miolos enquanto digeriam a ideia. Toninho enfiaria a mão na gordura quente por sua teoria do chupa-cabra, mas ele e a maga eram um time. E ela era braba. Não podia descartar de primeira a hipótese sem pé nem cabeça de Josefa.

Continuaram a peregrinação por informações na tarde suada de Livramento, até chegarem à casa do primeiro defunto.

— Aquele estrupício teve o que mereceu! — a viúva bradou.

Toninho tirou alguns segundos para refletir sobre a beleza do amor.

— Por quê? — Josefa questionou. — O que o falecido fez?

A expressão raivosa da mulher se desfez e ela logo se debulhou em lágrimas. Pegou um lenço sujo e assoou o nariz antes de continuar.

— Eu amava meu Carlinho, sabe? Mas ele nunca me mereceu — a viúva explicou, sentando-se numa cadeira com encosto de palha. – O safado escapulia no meio da noite e ia pro forró. Voltava *torto* de cachaça! – As lágrimas secaram e ela encarou o chão, os olhos semicerrados. – Ah, mas quando eu chegar no inferno, vou descer a vassoura em tu, Carlos Augusto!

Tal relato se mostrou uma pista bem importante. Conversando com outras pessoas, descobriram que o paradeiro de todas as vítimas fora o mesmo na noite do crime: o *Forró Nas Coxa*, risca-faca que acontecia toda quinta no vilarejo.

Esperariam, então, mais alguns dias, misturando-se aos habitantes do local. Fingiriam ser comerciantes aguardando um carregamento de charque que vinha de Campina Grande, enquanto ganhavam tempo para poder espreitar o assassino dos inocentes – ou nem tanto – de Livramento.

Toninho quase se engasgou ao ver a maga sair do quarto da hospedaria com uma sandália de couro trançada, um vestido rodado e as madeixas escuras presas em uma trança bem-feita.

– Tá olhando o quê, lazarento?

O caçador percebeu que sua boca pendia aberta e apressou-se em fechá-la.

– Só me impressionei, não sabia que tu era tão boa de disfarce – ele respondeu. – Já te contei que sou arretado no arrasta-pé?

Josefa riu – de forma genuína, não maléfica – e Toninho estufou o peito.

Chegaram no forró, brindaram com uma dose de cachaça, jogaram um tiquinho no chão para o santo e passaram a se arrastar pelo salão aberto junto aos outros casais. Vira e mexe trocavam de par, conforme a tradição pedia, mas se juntavam de novo a cada uma ou duas músicas para cochicharem. E durante boa parte da festa, nada avistaram de suspeito.

O músico tocava "Forró no Escuro" quando uma mulher estonteante adentrou o local.

O candeeiro se apagou
O sanfoneiro cochilou
A sanfona não parou
E o forró continuou.

Logo uma fila de pretendentes para dançar se formou diante dela. Seus olhos e cabelos eram escuros como a noite, mas reluziam um brilho de lua. Toninho nunca vira nada igual.

– Vamp...

O caçador não terminou a frase. Josefa tascou-lhe um beijo na boca, de uma maneira tão inesperada que Toninho não soube como reagir. Sua mão estava pousada no baixo das costas da maga e, instintivamente, ele pressionou a mulher em seus braços ainda mais junto a si.

Ela descolou seus beiços dos dele e o encarou com olhos em chama.

De raiva, não de paixão.

– Não diga nada, Toninho – ela sussurrou, de uma forma forçosamente melosa. – Vamos deixar a música nos levar.

O caçador acenou com a cabeça, entendendo o recado, e passaram a dançar percorrendo toda a extensão do salão, sem nunca desgrudar os olhos da mulher misteriosa.

A estranha, por sua vez, trocava de par a cada música e sempre havia alguém para conduzi-la no próximo xote. Ela já havia batido as coxas com todos os homens do forró, quando passou a dançar com o cabra mais manguaçado do local, que mal se sustentava sobre as próprias pernas.

Quando a música acabou, Toninho notou que a mulher sussurrou algo ao pé do ouvido do bebum. Ele arregalou os olhos e assentiu com a cabeça. Ela educadamente recusou as outras mãos estendidas em convite para a próxima música e saiu do forró.

Não demorou muito para o bêbado cambalear para fora atrás dela.

Josefa aguardou alguns segundos, enfiou seu braço no de Toninho, como se fossem um casal, e o puxou para saída.

Percorreram as ruas escuras, arregalando os olhos a cada beco estreito, procurando por vestígios do homem. Sempre que Toninho abria a boca para fazer um comentário ou uma pergunta, ela o silenciava com a mão e balançava a cabeça em negativa.

Procuraram por muito tempo nos arredores, a preocupação e a frustração crescendo no peito. Horas depois, os primeiros raios de sol mancharam o céu de amarelo queimado.

— Vampira filha de uma égua sem dente! — Josefa gritou.

Toninho se assustou ao ouvir a voz dela depois de tanto silêncio.

— Achei que a gente não podia falar disso — ele reclamou.

— Agora pode, a maldita deve estar dormindo o sono dos mortos em algum lugar escuro por aí — Josefa explicou. — Não vai ouvir nada que os vivos falam.

Vasculharam a vila toda, mas quem achou o corpo do homem foi o padre. Atrás da Capela de Nossa Senhora do Livramento.

— Parece uma piada de mau gosto, matar alguém em lugar santo — Toninho disse. — Tu acha que ela fez isso pra nos provocar?

— Não — Josefa afirmou. — Se ela tivesse percebido que foi

desmascarada, teria rapado fora sem pestanejar. Vampiros são ariscos, é quase impossível encurralar um.

– E como vamos capturá-la então?

Josefa sorriu. Era um daqueles sorrisos que tinha herdado do sete-pele, maligno e insano.

– Tenho um plano.

– Josefa?
– Que é, Toninho?
– Não tô gostando desse plano.

– Confie em mim, eu sei o que tô fazendo – Josefa garantiu, enquanto o ajudava a fechar os botões da camisa. Quando terminou, contemplou-o, orgulhosa, como se o tivesse moldado com as próprias mãos e gostasse do resultado. – Tu até que tá bem apessoado, caçador.

Ele teria gostado do elogio em outra ocasião. Mas não quando estava prestes a servir de isca.

– E agora, o que eu faço?

– Agora é comer água, Toninho.

Durante aquela semana inteira, os dois haviam colhido mais relatos e descoberto algo peculiar: os homens assassinados eram sempre os mais bêbados do forró. E isso significava que Toninho deveria encher a cara se quisesse ser o *escolhido* da semana.

– Mas como é que eu vou matar a desgraçada nesse estado?

– Já discutimos isso, pare de me aperrear. – Josefa começava a mostrar sinais de irritação. – Eu é que vou matar a morta-viva.

Toninho aprendera mais sobre vampiros durante aqueles sete dias de preparação do que com todas as lições de seu pai. Esses seres haviam desaparecido do Brasil séculos antes, e as informações disponíveis tinham sido passadas de geração em geração nas famílias de caçadores de demônios. Contudo, com Josefa era diferente; ela convivera diretamente com alguns deles. Pelos cálculos, Toninho estimava que a maga devia ter mais de 600 anos – obviamente não ousou perguntar.

Ela explicou que não se matava vampiros com uma estaca no coração.

– O coração deles não bate, abestado, que diferença faria?

A única maneira de fazê-lo era tostá-los à luz do sol feito churrasquinho.

Teriam que capturá-la e deixar o alvorecer fazer seu papel. Mas não se segura um vampiro a pulso.

– A bicha pode até parecer fraca, mas tem a força de trinta homens.

Era preciso utilizar algum artefato mágico. Então a maga passou a semana toda encantando uma corda, com a qual pretendia enlaçar a inimiga.

Foi preciso dez cabeças de alho, sangue de duas galinhas pretas, um fio de cabelo do último defunto, runas mágicas, cânticos demoníacos e um punhado de sal de rocha para completar a magia. Josefa também insistiu que Toninho cantasse "Boi da cara preta" e girasse o laço ao entardecer, alegando que a música infantil era na verdade uma invocação do deus bovino. Mas depois de ver a maga se envergando de rir, o caçador desconfiou que aquela etapa não era realmente necessária.

Deixaram então a hospedaria em direção ao forró. No percurso, Toninho já havia entornado meia garrafa de cachaça e Josefa dava as últimas instruções.

– Vou ficar do lado de fora. Quando saírem, vou seguir vocês dos céus, no meu galho de cajueiro – ela repetiu, pelo que parecia ser a milésima vez. – Mas tu tem que sair pela porta da frente, não a dos fundos, pelo amor de Nossa Senhora do Livramento!

Toninho fez uma careta, como vinha fazendo nas últimas semanas sempre que ouvia nomes santos pronunciados pelos lábios que julgava amaldiçoados – lindos, mas ainda assim amaldiçoados – de Josefa.

– Tá bom, mulher, tu tá parecendo uma matraca velha repetindo isso! – ele a enfrentou, sua coragem aumentando exponencialmente a cada gole.

Em represália, a companheira enfiou algo em sua boca. Por instinto, Toninho tentou cuspir, mas, com um movimento rápido das mãos, a maga fez um encanto para selar seus lábios.

– Mastiga e engole logo.

Ele sentiu o sabor e a textura característicos da rapadura, relaxou e obedeceu. Logo conseguia abrir a boca de novo.

– Pra quê isso? – ele questionou, irritado por ter sido forçado a comer.

– Pra te dar energia pra dançar.

– Era só ter dado na minha mão que eu não ia recusar a rapadura, diacho!

– Tá, tá, da próxima vez já sei – ela respondeu, sem paciência. – Agora vai lá e levanta poeira até a desgramada chegar.

Toninho hesitou.

– Sim, eu vou... – respondeu, sem muita convicção.

Josefa cruzou os braços e levantou uma sobrancelha.

– Tu é um caçador de demônios ou um gnomo de açude?

Gnomos eram tão covardes que às vezes caíam durinhos, mortos de medo, ao serem capturados. Muitos acabavam virando peças de decoração.

Toninho não aceitaria o desaforo. Como o cabra valente que (quase sempre) era, caminhou decididamente, cambaleando, e atravessou a cortina de contas que marcava a entrada do lugar.

O calor estava infernal, então ele abriu alguns botões da camisa de algodão. O chão de terra parecia oscilar para a frente e para trás, e a cada dois passos que o caçador dava, três eram em falso. Ouvia as pessoas rirem ao seu redor e ria junto; tudo parecia mais engraçado. Estranhamente, todos os seus convites para tirar donzelas para dançar foram recusados.

Minutos depois, a vampira chegou. Queria tirá-la para dançar o próximo xote, mas suas pernas estavam pesadas e ele foi lento demais; um outro cabra chegou primeiro. Toninho bufou, mas sabia que teria outra oportunidade. Assistiu a mulher sendo conduzida e rodopiada, o que levantava seu vestido branco rodado e revelava mais pedaços das coxas bem torneadas. Ela dançava com os olhos fechados, perfeito para que qualquer um pudesse observá-la à vontade, e sorria de leve em contentamento.

O caçador estava tão hipnotizado que perdeu também a dança seguinte. E a outra. E mais uma. Viu a mulher ser passada de mão em mão, como uma santa que todos queriam tocar, numa procissão musical com fiéis em fila. Toninho queria tanto que chegasse sua vez...

Bebericava a garrafa quase vazia como se pudesse afogar a vontade avassaladora de tomar a mulher nos braços e fungar em seu pescoço. Será que ela teria aroma de noite fresca? De chuva quando chega?

Seus devaneios deram lugar a uma agitação infantil quando finalmente conseguiu se aproximar de sua musa. Ela já tinha passado pelas mãos do estabelecimento inteiro, mas Toninho não se importava; naquele momento era só dele. Os dois avançavam pelo salão, arrastando as sandálias de couro e levantando a poeira seca, formando uma névoa sertaneja que parecia protegê-los do olhar alheio.

Era como se estivessem a sós. Toninho permitiu-se respirar o perfume dela: era adocicado e cítrico, como manga madura e folha de limoeiro. Sua pele cintilava à luz dos candeeiros, as gotículas de suor resplandecendo como o céu da noite cheio de estrelas.

O caçador estava embriagado, não pela bebida, e sim pela caça. Tinha uma leve consciência do fato, como se estivesse sonhando. Decididamente, não queria acordar.

Mas a música acabou. O contato físico se desfez. O sonho terminou. Toninho sentiu um vazio crescer dentro de si, uma necessidade repentina de algo que ele não sabia bem o que era.

— Te espero lá fora — ela sussurrou em seu ouvido. — Conta até cem depois que eu sair e então me segue, pela porta dos fundos.

O coração do caçador pulou como tambor em dia de festa de bumba meu boi. Ele contou mentalmente: *2, 3, 5, 7, 11, 13, 17, 19, 23, 29, 31, 37, 41, 43, 47, 53, 59, 61, 67, 71, 73, 79, 83, 89, 97.*

Fazia pouco mais de vinte segundos que a mulher saíra do forró quando Toninho atravessou a cortina de contas da porta de trás e chegou à rua escura. Foi guiado por algum instinto primitivo — podia jurar que sentia o cheiro dela — até um beco a cem metros dali.

Não a viu chegar, apenas a sentiu sobre si, de repente, pressionando-o contra a parede. No fundo, o caçador sabia que havia algo errado, que deveria dar no pé. Mas na superfície, sentia-se dominado por aquela mulher, acorrentado ao chão pela simples vontade de permanecer onde estava.

Ela aproximou os lábios do pescoço dele e lhe deu um cheiro, emitindo um gemido de prazer.

– O que bebeste, homem?
– Cachaça – Toninho sussurrou. – Diaba do Sertão.
Ela riu.
– Adoro Diaba do Sertão.

O caçador sentiu uma dor aguda no pescoço, que logo foi substituída por uma sensação fresca e agradável, como um banho de mar. Estava leve, calmo, quase anestesiado.

A tontura da bebida foi substituída por uma tontura de fraqueza. Toninho queria dormir. Então fechou os olhos, seu corpo mole sendo segurado com firmeza por sua musa. Estava quase sonhando quando foi acordado por um susto.

Um grito. O caçador foi largado e caiu no chão feito jaca podre.

– Ahhhhh! – a mulher bonita gritou novamente, presas expostas como uma besta selvagem. – O que é isso? Pelo amor do Diabo, o que é isso?! Me solte, desgraçada!

A corda encantada de Josefa formava um círculo no chão, ao redor da criatura. A maga gargalhou teatralmente.

– Te peguei, sanguessuga dos infernos!

A vampira abriu a boca para responder, mas se deteve e respirou fundo, como se sentisse respostas no ar.

– Tu... tem sangue de capeta!

Josefa revirou os olhos cor de terra, entediada com a constatação.

– Sim, e daí?

– O que é que tu quer comigo, mulher? – a voz da vampira soou mais calma, embargada pelo peso da própria língua. – Precisa de algum ingrediente especial pras tuas magias? Fio de cabelo eu até cedo voluntariamente, mas se tentar arrancar uma das minhas presas, corto esses teus dedos ossudos a mordidas!

– Quero saber que diacho uma vampira tá fazendo no meio dessa quentura.

— Me solta e eu te conto.

— Me conta e eu te solto.

A vampira arqueou as sobrancelhas e sorriu.

— Tu é dessas magas estudiosas que querem saber de tudo, não é? – a mulher perguntou. – Então vamos acabar logo com isso. Tudo começou quando mainha decidiu ir pro Sul. Ela fazia rendas como ninguém e uma turista lhe disse que lá no Rio Grande do Sul, elas custavam uma fortuna... Eu ainda era moleca, mas me lembro bem da viagem longa, do tempo que ficamos na casa de uma prima e de como foi boa essa época. Logo fiquei crescida, comecei a explorar a noite... Numa dessas escapulidas, fui mordida por um vampiro uruguaio. E mulher, tenho que te dizer, se isso não fosse uma maldição, eu chamaria de bênção. Ser vampira é maravilhoso. – Ela se empolgava, estava falante e parecia conversar com uma velha amiga. – Mas aí, bateu saudade da minha terrinha e decidi tirar umas férias. O calor é terrível, mas vale a pena. Se não pelo sangue, pelo forró...

A vampira rodopiou, querendo mostrar seus passos, mas se desequilibrou e teria caído para fora da corda se não fosse pela barreira invisível que a mágica havia criado.

— Tu tá bêbada?! – Josefa indagou, a surpresa e a indignação igualmente presentes na voz. – É por isso que tá caçando os bebuns? Pra se embebedar?

Toninho tinha certeza de que a vampira teria corado se houvesse algum sangue circulando em suas veias.

— Veja bem, não é bem assim, prima. O álcool é... eles são presas mais fáceis... – A mulher se enrolava cada vez mais. – No começo era porque os bebuns são mais desatentos, mas aí me acostumei ao sabor. E agora, se eu bebo só sangue normal, me dá uma tremedeira.

— Além de vampira, é alcoólatra – Josefa concluiu,

meneando a cabeça em reprovação. – Desgraça em dobro pro sertão.

– Opa, pera lá! – A bebum se ofendeu e levantou o dedo indicador em aviso. – Não vou ficar ouvindo desaforo de sangue-ruim, não, tu é tão desgraçada quanto eu! – Mas, lembrando-se de que estava em desvantagem, se acalmou. – Diz logo o que tu quer e me deixa sair, não tenho a noite toda.

Josefa a encarou por alguns segundos sem dizer nada. Ajudou Toninho a se levantar e o apoiou na parede de tijolos dos fundos de uma casa. Só então se voltou para a criatura do mal.

– Tu sabe o que eu quero? Que tu torre no sol e avise meu pai que tô mandando todos os amigos dele pra casa.

– Cuméquié? – a vampira perguntou, emendando uma palavra na outra por causa da surpresa e da manguaça. – Tu vai me matar? Nunca te fiz nada, bruxa horrorosa!

– Essas bandas já têm problemas demais – Josefa explicou, com a voz cansada. – Tu matou muita gente, agora vai ter que acertar as contas. Eu e o caçador vamos limpar esse mundão da tua laia.

– Caçador? – a vampira perguntou, mirando a figura quase desmaiada que se apoiava na parede. – Isso é traição da tua raça, maga, traição do teu sangue.

Josefa virou as costas, caminhou alguns passos pelo beco escuro e deu uma boa olhada no céu. Toninho acompanhou o movimento; o alvorecer chegaria em poucas horas.

A vampira não parava de falar. Brigou, suplicou, vociferou, ameaçou, amaldiçoou – ainda bem que praga de vampiro não pega –, chorou, implorou de joelhos, bateu a cabeça na barreira invisível, mostrou as presas, escondeu as presas e pediu com carinho, prometeu procurar o Alcoólicos

Anônimos, arrancou os cabelos, tentou conjurar o capeta, mas nada adiantou.

Josefa a ignorou durante todas aquelas horas. A maga deu água a Toninho, o fez comer mais rapadura e ele cochilou entre um berro e outro da sanguessuga.

O céu negro aos poucos evoluiu para um azul profundo. Lá longe, uma mancha amarelada surgiu, indicando que o sol não tardaria em dar as caras. Josefa estalou os dedos perto dos ouvidos.

– Desculpe, o que você tava dizendo? – ela perguntou à vampira. – Fiz uma mágica tapa-ouvido, não escutei nada.

A mulher mordeu o lábio, como se estivesse se segurando para não perder a calma.

– Por quê? Me diz apenas isso – ela perguntou, fuzilando Josefa, com uma curiosidade genuína. Quando a outra não respondeu, a vampira continuou: – Consigo entender vingança, ciúmes, e até uma boa dose de sadismo de gente da tua raça... Mas esse papo de justiça não me convence. Tenho certeza de que alguma coisa tu tá tramando!

Josefa deu de ombros.

– Pena que tu não vai tá aqui pra conferir, querida.

A morta-viva bufou e perdeu o controle de vez.

– Maga maldita! Tu vai se arrepender!

– Será? – Josefa arqueou as sobrancelhas. – Se isso acontecer, te mando uma cartinha no inferno contando a novidade.

Havia mais ódio nos olhos da vampira que mandacaru na caatinga. Mas então ela sorriu.

– Se tu tá tirando o mal do mundo – a criatura começou, provocativa –, quando é que tu pretende se matar?

A maga pareceu ficar sem palavras por um instante, mas depois sorriu de volta.

– Ainda não tem data marcada, mas te procuro pra tomarmos um café assim que eu chegar. Ou uma cachaça, se você preferir.

O primeiro facho de luz correu ligeiro por cima dos telhados vermelhos. Assim que ficou claro o suficiente para que Toninho enxergasse os traços de Josefa, a pele da vampira começou a borbulhar, feito marmelo no tacho. Para não chamar a atenção dos que estavam acordando, a maga fez um feitiço para silenciar os gritos da mulher.

A cena ficou ainda mais terrível com aquele grito mudo, ilustrado por uma face contorcida em dor. Levou apenas alguns segundos. Sobrou só um amontoado de cinzas, o vestido branco e as sandálias de couro.

E uma catinga embriagante de cachaça.

– Toninho? – Josefa murmurou, abaixando-se perto dele. – Tá se sentindo melhor?

– Tô. Acho que já consigo andar.

Josefa recolheu a corda que havia usado para prender a vampira e enfiou na bolsa. *Uma lembrança da caçada*, Toninho pensou. Depois, ela apoiou o caçador por baixo do ombro e o ajudou a se levantar. Ele ainda estava fraco e zonzo, mas uma constatação o deixou sóbrio rapidinho.

– Josefa, eu vou virar vampiro!

– Vai nada.

– Mas fui mordido e sobrevivi – o caçador ressaltou. – Isso também é lenda? Não é assim que se vira vampiro?

– Bem, é... Mas tu não vai virar vampiro.

– Como não?

Os dois pararam na praça central e Josefa ajudou Toninho a se sentar em um banco. Ele estava fraco, perdera muito sangue, e não conseguiria andar grandes distâncias.

– A rapadura que te dei era mágica – ela revelou.

— Rapadura antitransformação: serve pra mordida de vampiro, lobisomem e zumbi.

— Ah, graças a Deus! — Toninho respirou aliviado. — Por que não me dissesse antes?

— Porque se tu soubesse que ia ser mordido, ia azular.

— Soubesse...? — Toninho a mirou, encafifado. — Ela me mordeu porque eu saí pela porta dos fundos, não foi? Por isso tu chegou tarde demais.

— Na verdade...

O pouco sangue que Toninho ainda tinha nas veias ferveu.

— Na verdade o quê, sua filha do capeta?

Josefa o espiou de lado ante ao comentário, mas não estava brava.

— O único momento em que os vampiros ficam desatentos é quando estão se alimentando. Eu só conseguiria me aproximar se ela estivesse com os dentes cravados. Senão ela ia me escutar e escapulir, e aí...

— É o quê?! — O caçador fuzilou a parceira com os olhos, desejando que ela também virasse cinzas sob o sol. — Tu *deixou* ela me morder?! E se eu tivesse morrido?

— Que exagero, eu tava vigiando lá de cima...

— Por que não me contou o plano todo?

— A gente mal se conhece! Tu ainda não confia em mim — ela retrucou. — Se te dissesse, tu não ia acreditar que eu te salvaria na hora certa.

— Ah, sim, faz sentido. — Toninho riu-se, furioso. — Pra conquistar minha confiança, tu mentiu pra mim!

— Toninho...

— Me deixe em paz. — Ele a encarou de baixo, sentado no banco, e vendo que a mulher não se movia, insistiu: — Bote sebo nas canelas, que quero ficar sozinho.

Ela assentiu com a cabeça, mas disse algo antes de ir:

— Eu só queria completar a missão. Tô tão acostumada a trabalhar sozinha que não pensei direito. Mas nunca deixaria te acontecer nada de mal. — O caçador virou o rosto; não queria mais olhar para a fuça da traidora. — Não vai se repetir, prometo.

Toninho não respondeu e ela finalmente se arrastou de volta para a hospedaria. Ele afundou a cara nas mãos. *Como fui tão ingênuo?* Colocara sua vida nas mãos de alguém que mal conhecia e, mais que isso, de uma potencial inimiga.

A pergunta que a vampira tinha feito a Josefa era a mesma que não saía da mente do caçador nas últimas semanas. Por que Josefa caçava criaturas do mal se ela mesma era uma delas?

Talvez fosse tudo encenação, uma armadilha. Tinha sido uma má ideia juntar-se à maga. Toninho decidiu que chegaria na hospedagem e terminaria a sociedade. Caçadores de demônios são fadados a ficar entre os seus, assim como os demônios.

Lembrou-se do que a vampira dissera logo antes de bater a caçoleta: "*Se tu tá tirando o mal do mundo, quando é que tu pretende se matar?*".

Toninho riu maldosamente. Depois, sentiu-se um canalha.

Josefa tinha traído sua confiança, era verdade, mas também o mantivera seguro. Se ela quisesse matá-lo, já poderia tê-lo feito dezenas de vezes.

Todo mundo merece uma segunda chance, disse para si. *Até mesmo a própria filha do diabo.*

CAPÍTULO 3

A MALDIÇÃO DA CASA GRANDE

Eu só te peço que volte pra casa
Não fique assim no meio da rua
O teu vestido, o teu chinelo é todo teu
Volte pra casa que essa casa é sua.

Sebastião do Rojão,
"Chorando por alguém"

O sino tocou, o vento quente soprou, a poeira vermelha levantou e a mula relinchou.

— Calma, Véia — Toninho disse à sua montaria, percebendo que ela estava atipicamente agitada.

Depois do último caso, a dupla havia seguido rumo ao Norte. Josefa insistira que partissem o quanto antes, dizendo que *quem tem medo, tem pressa*. E, na falta de um novo pedido de ajuda ou oferta de recompensas, decidiram desatar um antigo caso de desaparecimentos.

O caçador e a maga estavam prostrados em frente à casa colonial da famosa Fazenda de Caicó. Não fossem as rachaduras, as paredes brancas encardidas pelo tempo e as janelas e portas azuis caindo aos pedaços, aquela seria uma bela construção. Já tinha sido moradia de gente abastada, era agora apenas ninho de preás e aranhas.

— Tanta gente sem um teto sobre a cabeça e essa gente rica deixa uma casa assim ao léu — Josefa repreendeu.

— Pois eu prefiro viver sob as estrelas a ser enterrado numa mansão amaldiçoada — Toninho retrucou.

— Então tu acreditou mesmo nessa história de maldição? — ela perguntou.

— Oxe, mulher, todos que entraram nessa casa nunca mais foram vistos. Se isso não é maldição, é o quê?

— Assassinato — Josefa propôs. — Se o coronel realmente escondeu um tesouro aí dentro, alguém pode estar matando os que vêm procurá-lo.

— Então tu acredita mesmo nessa história de tesouro?

— Oxe, homem, e tem motivo melhor pra assassinato?

Os dois se encararam numa competição silenciosa pela razão.

— Nem cá, nem lá — o caçador sugeriu, em tom de negociação. — Vamos tratar o caso como se tivesse maldição *e* tesouro.

— Tesouro amaldiçoado... — Josefa sussurrou, saboreando a ideia. — Que assim seja. Mas se tem mesmo uma maldição depois do batente, a gente precisa se proteger antes de entrar.

— E o que é que tu pretende usar de escudo? Sal?

— Sal é bom pra assombração, mas não segura maldição de morte. Vou fazer um amuleto — ela anunciou.

Enfiou o braço na bolsa de couro, remexeu lá dentro e tirou alguns ingredientes: gengibre bravo, duas velas pretas, carvão, sangue. Mas foi o último item que fez o caçador dar dois passos para trás.

— Um olho?! — ele gritou, a voz esganiçada. — Isso é um olho de gente?!

— Claro que não, é de cabra. — A maga pousou o olho

no chão e passou a desenhar runas em volta dele. – Vou fazer um *olho-que-tudo-vê*.

Toninho observou enquanto Josefa preparava a magia. Reconheceu uma das runas antigas e seu significado: o mal.

– Tu vai fazer magia satânica?! – Toninho indagou, com um gosto amargo na boca. – Isso é coisa dos infernos, Josefa.

Ela partiu os lábios num sorriso entre o deboche e a maldade. Os cabelos do companheiro de caçadas se arrepiaram.

– E tu acha que eu sou o quê, caçador?

Demorou a tarde toda para o encantamento ficar pronto. Os ouvidos de Toninho ainda zuniam com os cânticos em língua demoníaca, suas narinas ardiam, impregnadas com o cheiro de enxofre do belzebu que a maga invocara, e, além de tudo, sentia a energia ruim que emanava do objeto na mão de Josefa.

– Não é certo usar esse tipo de magia pra combater o mal – Toninho juntou coragem pra dizer, levantando o indicador para reforçar sua razão. – É igual querer matar cobra com aranha: tu acaba se envenenando de um jeito ou de outro.

– Pare de me infernizar.

– Como é que tu pôde fazer isso? Vender tua alma por causa de amuleto besta?! – ele se exaltou, lembrando-se do sorriso do demônio com cabeça de bode.

– A alma é minha. Mas se tu continuar, da próxima vez te ofereço em sacrifício!

Toninho meneou a cabeça, mas deu-se por vencido.

– Primeiro as damas – ele disse, estendendo a mão em direção à escadinha de poucos degraus que precedia a entrada da casa.

– Seria gentileza – Josefa começou, lançando um olhar de desdém ao outro – se eu não desconfiasse que tu tá é azulzinho de medo.

A maga subiu, empurrou a porta da frente e, assim que a luz adentrou o recinto empoeirado, enormes escaravelhos negros jorraram pelo batente. Toninho conteve um gritinho; nunca fora lá muito chegado a insetos. Josefa, por sua vez, apenas os afastou com as botas.

— Que dramático — ela disse, revirando os olhos, e seguiu em frente sem hesitar.

O lugar tinha tanto jeito de assombrado que chegava a ser clichê. Um cobertor de poeira cobria o chão, lençóis roídos por traças haviam sido atirados sobre os móveis, teias de aranha enfeitavam os cantos do teto, e as cortinas de veludo pendiam fechadas nas janelas, bloqueando qualquer traço de luminosidade.

Toninho caminhou devagar até um dos cantos e puxou um candeeiro da parede.

— Tu pode acender? — ele pediu, estendendo a antiguidade na direção da maga.

— Tá me achando com cara de dragão, por um acaso?

— Melhor não responder — Toninho disse, mordendo um sorriso.

Josefa estreitou os olhos e o caçador não se espantaria se lhe saísse fumaça das ventas. A maga tomou o candeeiro na mão, estalou os dedos e o pavio se acendeu. A luz iluminava de um jeito pálido, como se a escuridão ali fosse mais espessa que o normal.

— Pra onde, Josefa?

— Pra dentro — ela respondeu. — Pra onde quer que o coronel tenha escondido o maldito tesouro.

Josefa foi na frente, estendendo a mão com o olho de cabra. Saíram da sala e entraram num corredor comprido, cujo fim estava engolido em trevas. Nas paredes, antigos quadros de família pendiam tortos. Toninho tinha a estranha sensação de que os olhos vidrados das pinturas carcomidas os acompanhavam conforme eles avançavam.

A madeira antiga rangia sob os pés feito um jegue ferido. A maga estacou em um dado momento e Toninho, que observava os quadros na intenção de pegar um deles em flagrante, trombou nas costas da mulher.

– Parou por quê, Josefa?

– Tô vendo alguma coisa – ela explicou, girando o amuleto para um lado e para o outro, seus próprios olhos fechados, como se tentasse enxergar com o olho de cabra.

A maga então retirou uma bola de gude da bolsa a tiracolo e a rolou no chão. Um assovio cortou o ar. Uma enorme lâmina em formato de sino oscilou de um lado para o outro. Teria fatiado os visitantes ao meio se tivessem continuado. A arma escondeu-se novamente numa fresta na parede, imperceptível, e a maga repetiu o experimento. Novamente a armadilha foi ativada.

– Que diacho! – Toninho resmungou. – Como é que vamos passar?

– Quero fazer um último teste – Josefa anunciou.

Pegou mais uma bolinha na bolsa e dessa vez a atirou no ar, corredor adentro, além da posição onde sabiam que se encontrava a lâmina. Nada aconteceu.

– Viu? – ela perguntou e o caçador assentiu. – É só passar sem pisar no chão.

– Então tu me dá uma carona no teu galho de cajueiro?

– Bem que eu gostaria – ela começou –, mas ele é meio arredio, poderia te jogar pra fora.

– E como é que eu vou atravessar? Não sei se tu reparou, mas não tenho asas.

– E quem é que disse que é preciso asas pra voar? – Josefa retrucou, com um sorriso malicioso. – Venha cá.

Toninho não gostou nada, nada do tom, mas aproximou-se, meio encolhido, feito um cachorro com o rabo entre as pernas. Josefa o virou em direção à armadilha. Com uma das mãos segurou seu colarinho e com a outra, o cós de suas calças.

– Que é que tu pretende...

Toninho sentiu o solo lhe fugir aos pés e com um impulso foi atirado aos ares. Sim, ele estava voando, mas sem um plano claro de aterrissagem. Fez o que lhe restava: berrou enquanto flutuava no breu e se espatifou de cara sem nem ter antes visto o chão.

Josefa pousou com delicadeza ao seu lado e guardou o galho na bolsa.

– Fez boa viagem?

Toninho lançou um olhar mal-humorado à companheira, se levantou e bateu a poeira da roupa.

Sem mais palavras, os dois voltaram ao percurso. Diversas portas fechadas ladeavam o corredor macabro. A última porta da direita parecia feita de uma madeira mais forte e mais antiga. A maga aproximou o candeeiro da maçaneta e a chama bruxuleou, quase se apagando.

– Tem algo ruim aí dentro – Josefa concluiu e estendeu o olho à frente. – Mas não consigo ver o que é, a porta tá encantada.

Toninho respirou fundo, mão na peixeira, e virou a maçaneta.

– VOCÊ NÃO PODE PASSAR! – uma voz grave ressoou das paredes.

O caçador deu um pulo para trás. A maga pôs as mãos na cintura.

– Ah, não? – Josefa perguntou de volta. – Pois me observe!

Ela remexeu a bolsa e puxou uma luva de couro marrom.

– Tá enfeitiçada pra abrir qualquer porta – Josefa explicou a Toninho, calçando a luva na mão direita. – Tu nunca sabe quando vai precisar de uma dessas.

A maga meteu a mão na maçaneta e a girou com autoridade.

O cômodo era uma enorme biblioteca, apinhada de livros em todas as paredes, com um andar térreo e um mezanino rodeando a extensão superior. Era uma arquitetura pouco comum na região, uma evidência de que o coronel fora um homem viajado. Toninho e Josefa adentraram atentos, procurando pela próxima armadilha. O caçador já tinha sacado a peixeira e girou o corpo em todas as direções. A maga guardou a luva e mantinha as duas mãos abertas à frente, pronta para fazer magia.

Um ruído metálico ecoou do teto. Ambos olharam para cima. Um lustre colossal pendia acima de suas cabeças. E sobre ele, uma criatura ainda maior os observava com oito olhos negros e de diferentes tamanhos.

Era uma armadeira gigante.

A aranha saltou e caiu sobre Josefa. Um raio mágico deixou as palmas das mãos da maga, mas apenas ricocheteou na carapaça dura do animal. Ela foi ao chão, impelida pelo peso da criatura. Toninho temeu pelo pior.

O caçador correu em direção ao centro do ambiente, peixeira na mão. Salvaria sua parceira ou... traria justiça à sua morte.

O aracnídeo percebeu a aproximação e ergueu as quatro patas dianteiras, em posição de ataque. Toninho quase se borrou – nunca gostara muito de aranhas –, mas sua coragem foi renovada ao ver a maga rolar para o lado quando a criatura deslocou seu peso. Josefa não se levantou, nem reagiu, e isso só poderia significar que estava ferida.

– Ô, bicha medonha! – ele provocou. – Aposto que tu nunca comeu carne macia igual à de caçador de demônios!

Era difícil saber se a aranha entendia o que ele dizia, mas o fato é que ela esfregou as presas negras uma na outra e partiu para cima de Toninho.

Ele deu no pé e correu em círculos em volta da biblioteca empoeirada. Josefa gemeu; era preciso acabar logo com aquilo. Toninho estacou e virou-se, peixeira apontada para cima, e a armadeira logo voltou a assumir sua posição de ataque sobre as quatro patas traseiras.

O caçador investiu, tentando espetá-la com sua lâmina, e a criatura recuou, apenas para contra-atacar em seguida. Toninho rolou, afastando-se das patas que tentavam abraçá-lo, o que fez a aranha gigante bater as presas, consternada. Ela avançou de novo e Toninho deu um pulinho para trás quase ao mesmo tempo, num movimento sincronizado. A armadeira emitiu um novo ruído frustrado e repetiu o processo.

Quem visse a cena, poderia muito bem crer que o homem e a aranha estavam dançando uma espécie de xote. Foram mais quatro passos, até o rodopio final.

O monstro avançou, como se tivesse certeza de que Toninho recuaria de novo. Mas o caçador já tinha cada gesto ensaiado na cabeça, e em vez disso deu uma cambalhota para a frente, posicionando-se abaixo da criatura.

Levou a peixeira aos céus e correu, abrindo o ventre enorme de cima a baixo. Uma gosma verde espalhou-se pelo chão enquanto o bicho corria, agonizando, até as patas cederem. O corpo mastodôntico foi ao chão com um estrondo.

Normalmente, Toninho tiraria um tempinho para se vangloriar, mas naquele momento havia algo mais importante a fazer.

— Josefa — o caçador sussurrou baixinho, ajoelhando-se ao seu lado.

As pálpebras da maga bateram de leve, ela respirou fundo e soltou o ar com um novo gemido.

— Picada... — Josefa conseguiu dizer. — Na minha bolsa, prateleira do meio, no pote de vidro grande... rapadura antídoto...

Toninho puxou a bolsa de couro, abriu e tentou olhar lá dentro. Só dava para ver a escuridão de um buraco sem fundo. Enfiou a mão na bolsa, não sem receio. Foi colocando uma parte do braço, o cotovelo, e quando deu por si já estava quase com os ombros na entrada da bolsa. Sentiu algo rígido e tateou com cuidado.

— Prateleira do meio... — Josefa sussurrou novamente, sua voz cada vez mais fraca.

Sim, aquilo parecia madeira. Parecia uma estante. Cinco prateleiras. Toninho caminhou com os dedos pela prateleira certa, sentindo tigelas, pequenos frascos, algo que parecia um chifre, algo macio e sedoso...

— Argh! — Ele moveu a mão quando sentiu uma coisa peluda se mover e ouviu o som de vidro se quebrando.

Josefa levantou uma sobrancelha — e como a danada conseguiu fazer aquela cara de braba naquele estado era um mistério — e foi o suficiente para que Toninho voltasse à busca.

— Achei!

Ele veio puxando o pote e, quando o retirou de vez da bolsa, percebeu que continha quadrados de doce em uma dezena de cores diferentes.

— Uma verde...

E assim ele fez: remexeu o pote, puxou um pedaço pequeno do doce verde e o pousou delicadamente nos lábios da maga, enquanto apoiava a cabeça dela em seu antebraço.

Josefa mastigou a rapadura e respirou fundo. Mexeu as mãos e os pés, sentou-se e em poucos segundos conseguiu se levantar. Ela varreu a poeira do vestido com as mãos e o encarou com impaciência.

– Tá esperando o quê? Vamos.

– Tu devia descansar – Toninho gaguejou. – Achei... que tinha chegado sua hora.

– Vaso ruim não quebra fácil.

Ela colocou a bolsa novamente atravessada no colo e pegou o olho de cabra que havia caído no chão. Deu uma *olhada* ao redor da biblioteca com o amuleto, e pareceu se interessar pela outra extremidade do cômodo, onde ficava uma enorme estante de livros. Aproximou o olho de cabra da parede, passando-o próximo a alguns deles.

– É esse aqui.

A maga retirou um livro grosso de capa vermelha de uma das prateleiras. O chão de madeira antiga reverberou e em seguida ouviu-se o desagradável ranger de pedra sobre pedra. A parede estava se mexendo, abrindo uma passagem até então secreta.

O caçador deixou o queixo cair; sentia-se dentro de um livro de aventuras.

– Valeu a pena enfrentar o monstro cheio de pernas, só pra ver isso! – Toninho disse, com uma alegria infantil.

Josefa o encarou e riu.

– Ah, Toninho, espera então até tu ver minha casa!

Ele sorriu de volta. Gostava de pensar que um dia talvez conhecesse a casa da maga. Que os dois continuariam caçando juntos por muito tempo. Com um estrondo, a porta estacou, completamente aberta.

– Alumia meu caminho, fogo conjurado. Pavio e querosene, candeeiro pendurado – Josefa sussurrou, esfregando as mãos uma na outra e depois estalando os dedos algumas vezes.

Era a primeira vez que Toninho a ouvia pronunciar um encantamento simples em voz alta. Bruxos faziam isso o tempo todo, o que cortava o efeito surpresa de qualquer feitiço. Toninho achava que a maga não precisava de tal artifício por causa de seu poder, mas talvez ela estivesse fraca. Mesmo assim, os candeeiros presos às paredes do túnel acenderam-se um a um. Não era possível ver muito longe; o caminho descia e fazia uma curva acentuada logo à frente.

Os dois entraram sem saber o que esperar, novamente tensos com a expectativa de um possível ataque. O único som era o das botas de couro arrastando-se na pedra áspera e o pingar constante de gotas. O odor era úmido e antigo, como musgo e mofo, bem diferente do ar seco e cálido do lado de fora.

– Que diabos vamos ter que enfrentar agora? – Toninho perguntou, mais para si do que para a maga.

– Não sei – ela respondeu. – Mas tenho uma gastura danada de lugar apertado.

Desceram alguns minutos em uma espiral, e cada curva aumentava a sensação de que nada de bom os esperaria embaixo da terra.

O chão começou a tremer e os dois entreolharam-se. Toninho já ia abrir a boca para perguntar o que era aquilo, mas calou-se para ouvir um som que crescia segundo a segundo. Era áspero, contínuo, como o som de água correndo sobre o leito de um rio.

O caçador observou o túnel onde estavam mais uma vez, reparando em como a abertura era quase perfeitamente circular.

– Sebo nas canelas, Josefa! – ele berrou, arrastando a maga pelo braço.

O som vinha aumentando atrás deles e Toninho já não tinha dúvida: o que lhes perseguia não era monstro, nem estava vivo. Era algo rolando sobre o próprio eixo, ganhando velocidade a cada curva.

Na tentativa de se salvarem, Toninho e Josefa correram ladeira abaixo, cada vez mais rápidos, equilibrados apenas pela própria velocidade. O declive foi ficando mais acentuado, tão íngreme que nem conseguiam ver onde pisavam.

– Ahhhhhhhhhhhh! – Toninho gritou, percebendo tarde demais que o chão simplesmente havia desaparecido. Berrou enquanto caía no vazio, o vento zunindo em seus ouvidos por aqueles segundos aterrorizantes. Até que... – Quê que é isso, minha Virgem Maria?

Toninho não estava mais caindo como uma pedra, e sim flutuando delicadamente como uma pluma, para a frente e para trás, afundando vagarosamente, até pousar sobre um monte de pedras. A enorme rocha redonda espatifou-se no chão alguns metros adiante, sob um estrondo metálico.

Ele levantou-se, equilibrando-se sobre um monte de pedrinhas. Pedrinhas lisas e geladas, que cintilavam de leve com a pouca luz que passava pela claraboia no teto, dezenas de metros acima de suas cabeças.

– ESTAMOS RICOS! – Josefa gritou, rindo, enchendo as mãos e lançando as moedas de ouro para cima. Uma delas atingiu dolorosamente a cabeça do caçador, mas ele estava atordoado demais para protestar.

– Isso tudo é ouro... É uma fortuna – Toninho concluiu, enchendo as mãos para ter certeza de que não sonhava. – Achamos o tesouro, Josefa.

– Sim, e é tudo nosso, Toninho!

Os companheiros riram juntos, em gargalhadas sonoras.

– Não, caros invasores – uma voz formal retrucou. – Isso me pertence. É tudo meu. MEU!

Entre o monte de moedas, uma figura surgiu, andando meio torta, apoiada em uma bengala. Seu corpo era coberto por bandagens apodrecidas, e seu nariz e boca tinham sido comidos pelo tempo. A única coisa que fazia pensar que a criatura um dia fora humana era seu extenso bigode grisalho e o chapéu bem alinhado.

– Vocês foram previamente avisados, isto não é passível de argumentação. Poderiam ter ido embora, virado as costas para a tentação – a múmia falou. – Agora, contudo, o único destino de vocês é a morte. Sofrerão a maldição do coronel Marcondes!

Toninho, mesmo tenso, não se aguentou.

– Viu, Josefa? Não falei que tinha maldição?!

– E eu não te disse que tinha tesouro?!

– O tesouro me pertence, ladrões oportunistas – a múmia de coronel repetiu. – Mas a maldição é toda de vocês! Serviçais demoníacos, é chegada a hora do jantar.

Como se tivessem sido conjurados, milhares de escaravelhos negros emergiram por debaixo do ouro reluzente. Toninho não conseguiu conter o pavor ao ver os insetos avançarem em sua direção com uma sincronia fluida. Seria devorado pelos malditos.

Cobriu o corpo com os braços, encolheu-se e fechou os olhos, esperando sentir as presas dos escaravelhos rasgarem sua carne a qualquer momento. Trincou os dentes. Apertou os braços em volta de si ainda mais. O pior era a espera. Aqueles poucos segundos pareciam durar para sempre.

Toninho abriu apenas um olho e deu um grito esganiçado. Estava totalmente cercado pelos insetos, que se agitavam a sua volta mas não avançavam mais, como se uma barreira invisível os impedisse. O mesmo se passava ao redor de Josefa.

– O que é isso? – a múmia protestou. – Já dei a ordem: matem-nos!

Os escaravelhos pareciam furiosos. Coronel Marcondes bateu sua bengala no chão, injuriado, fazendo o ouro tilintar.

– Será magia? Miragem? Milagre? – a múmia perguntou, mas não esperou resposta. – Não, magia nenhuma poderia protegê-los, eu amarrei tudo direitinho. Tive que sacrificar duas crianças. Filhos de escravizados. – Aquilo fez o estômago de Toninho se revirar. Pensou no sofrimento de seus próprios antepassados, nas histórias de horror passadas de geração a geração. Sua bisavó fora escravizada e alguns dos filhos dela arrancados de seus braços por assassinos como aquele. Toninho teria esganado o coronel se ele já não estivesse morto. – Então por que vocês não morrem? Maldição! Maldi… – Ele deixou a palavra flutuar no ar por alguns instantes. Depois apontou o dedo podre para Josefa. – …ção. Só uma maldição rebate outra! Vocês são amaldiçoados! E é uma maldição das fortes, algo ainda pior do que morrerem devorados por demônios escaravelhos.

– Oxe, maga, que maldição é essa que ele tá falando?

– Maga? – A múmia sorriu. – Maga, não contaste pro teu namoradinho que quem tem sangue do capeta já nasce amaldiçoado? Que o teu destino é o inferno, que não há neste mundo salvação pra ti?

Toninho espiou de lado. Josefa estava com o maxilar trincado e as sobrancelhas franzidas. Furiosa como nunca.

– Minha maldição é problema meu.

– E tu, cavalheiro? – coronel Marcondes perguntou, olhando para Toninho. – Que outra maldição te protege da minha?

– Opa, opa, opa – Toninho protestou, com os braços abertos. – Já me rogaram muita praga, mas amaldiçoado eu nunca fui, não.

– Ouviram, servos? Tenho que lhes lembrar de nosso trato? Da lenda que gira em torno desta casa? – o coronel perguntou, verborrágico, dirigindo-se aos escaravelhos. Então se empertigou e ajeitou seus trapos, como se fosse um paletó, e começou a recitar o que parecia ser um poema:

– *Na fazenda de Caicó*
Vivia um grande coronel.
Suas riquezas eram muitas
E a inveja era fel.
Saúde não estava à venda
E um dia adoeceu.
Mas decidiu que ninguém herdaria
O que por direito era seu.
Abandonado à própria sorte,
Fez um pacto com a morte:
Ao preço de vidas alheias,
Ela lhe permitiria ficar.
A senhora da foice, para manter o encanto,
Lhe presenteou com um belo colar.
Do inferno vieram soldados,
Para os ambiciosos buscar.
A avareza do homem é a sua maldição.
E só quem não busca o tesouro, encontra salvação.

Ao ouvir a linha final, Toninho abriu um sorriso.

– E aí está sua resposta, lazarento – Josefa concluiu, com gosto. – Ainda tem gente no mundo que vale mais do que todo esse ouro.

Toninho aproveitou aquele momento de distração para olhar em volta, procurando o amuleto mágico que mantinha a alma do coronel no corpo apodrecido. Precisaria destruir o artefato para acabar com o encantamento, além de finalmente fazê-lo pagar a dívida com o sete-pele. E, se o coronel havia se conformado em viver sozinho, cheirando a carniça por toda a eternidade, a fim de proteger sua fortuna, seu amuleto com certeza era algo valioso. No meio daquele tesouro todo, poderia ser qualquer objeto.

Josefa pareceu pensar a mesma coisa: estendeu a mão à frente, palma virada para cima. Fez primeiro um gesto circular e depois fechou os dedos.

– Apareça, artefato encantado. Dou duas gotas de meu sangue, para encontrar algo também amaldiçoado.

Um pequeno corte surgiu no antebraço de Josefa ao mesmo tempo em que se ouviu o som de cerâmica sendo espatifada.

– Não! – a múmia gritou. – Vocês não podem fazer isso!

Era agora ou nunca. Toninho virou-se na direção do som e correu, equilibrando-se nos montes de ouro que se moviam conforme avançava. Viu um antigo vaso quebrado e, entre os cacos, uma pedra que reluzia em um brilho arroxeado. Era um colar de ametista, uma das pedras preciosas brasileiras que mais continham poder para aquele tipo de encantamento.

Os escaravelhos tentaram impedi-lo; não podiam matá-lo, mas tentaram esconder o objeto, avançando sobre o colar como uma onda e cobrindo-o com seus corpos. Toninho chegou ao local e não teve dúvidas: desceu sua peixeira polida no sal e banhada em água benta sobre os demônios e a peça encantada.

O impacto mágico foi tamanho que o caçador foi lançado metros para trás pela explosão de energia. Caiu de costas dolorosamente sobre as moedas de ouro, os ouvidos zunindo e a cabeça um pouco zonza.

Ainda assim ouviu a múmia gritar pela última vez. Um grito de agonia, um grito de morte definitiva.

Os escaravelhos, por sua vez, explodiram um a um, como aqueles estalinhos de festas de São João que as crianças adoravam. Com estalos secos, todos se transformaram numa fumaça preta e fedorenta.

Toninho se levantou e caminhou meio cambaleante até o local onde a maga estava em pé, observando o que havia sobrado do coronel Marcondes. O esqueleto, o chapéu, a bengala e o bigode.

Josefa se abaixou e pegou o chapéu.

— Mais uma lembrança?

— Bom, algo assim pode ter poder, servir pra magias — a maga explicou. — E se não servir, há sempre uso para um belo chapéu.

De repente, Toninho se deu conta de algo importante.

— Tu sabe, maga, se bem entendo de maldições, agora qualquer um pode pegar o tesouro.

— Estamos ricos! — Josefa gritou pela segunda vez, lançando novamente moedas para cima. Depois enfiou a mão na bolsa e tirou alguns sacos de pano de lá de dentro. — Vamos começar logo, vai demorar dias para levar tudo isso para a superfície!

Encheram dois sacos grandes e avaliaram as opções para sair dali. Olharam para o teto, de onde fluía uma luz pela claraboia. Josefa montou no seu galho de cajueiro, espremendo-se mais na frente.

— Se achegue, caçador.

— Achei que teu galho era arredio.

— E desde quando caçador tem medo de cavalo xucro?

Toninho engoliu em seco, apoiou o saco de moedas sobre o ombro esquerdo, passou a perna por cima do galho e segurou firme com a mão direita. Os dois subiram uns vinte ou trinta metros voando, mas aquilo mais parecia um verdadeiro rodeio.

O buraco do teto era um poço nos fundos da propriedade. Olhando o poço de fora, era impossível saber que ele terminaria em uma imensa galeria subterrânea recheada de riquezas. Os dois arrodearam a casa, comemorando e rindo. Véia com certeza conseguiria levar pelo menos dez daqueles sacos na cela, e poderiam também colocar mais alguns na bolsa de Josefa — ela garantiu que havia bastante espaço no armazém em sua casa.

— Ah, não... — a maga sussurrou.

Toninho largou o saco de ouro no chão. Haviam chegado à frente da casa e avistaram um grupo de pessoas. As pessoas os observavam com curiosidade. Uma delas vestia uma farda policial.

— A gente devia ter fugido — Toninho reclamou pela milésima vez durante o jantar à luz de estrelas.

— E ter levado chumbo do delegado? — a maga o repreendeu. — Pelo menos a recompensa vai nos deixar tranquilos por alguns meses.

Toninho mirou a bolsinha miúda recheada de moedas de ouro.

— Eu achava que o coronel era um pão-duro por ter amaldiçoado o próprio tesouro – o caçador começou –, mas ele parece até generoso comparado com o lazarento do tataraneto.

— Sempre vai ter alguém pra pagar bem pelos nossos serviços, se aquiete.

Toninho comeu uma colher de angu e mordeu um pedaço de charque. Queria conversar sobre o que a múmia havia dito. Se Josefa fosse realmente amaldiçoada, o coronel estava certo: sua alma iria direto para o inferno. Não era justo, afinal a maga estava ali fazendo o mesmo que ele, tirando as criaturas malignas do mundo.

— É por isso que tu caça monstros e demônios, então? – ele perguntou, num tom desinteressado. – Por causa do dinheiro?

A maga levantou uma sobrancelha e fez cara de quem ia dar bronca por causa de perguntas pessoais. Mas pareceu desistir e simplesmente respondeu:

— É.

Toninho riu, raspou o restinho de angu da cumbuca.

— Tu finge que é verdade, eu finjo que acredito – ele disse.

— Se tu não parar de me aperrear, eu conjuro os escaravelhos de novo.

Toninho achou graça; aparentemente era mais fácil fazer coronel Marcondes doar parte do tesouro aos pobres do que convencer a maga a falar. Conformado, o caçador levantou-se e estendeu a esteira de palha ao lado do fogo. Estavam na estrada, naquela noite dormiriam entre a terra seca e o manto de estrelas. Não era tão ruim assim.

— Boa noite, Josefa. Boa noite, Véia.

— Boa noite, Toninho.

O vento quente soprou, a mula relinchou e a conversa se acabou.

CAPÍTULO 4

O MISTÉRIO DO AÇUDE ORÓS

O sertão vai virar mar,
Dá no coração,
O medo que algum dia
O mar também vire sertão.

Sá e Guarabyra,
"Sobradinho"

Não apenas deuses, orixás, anjos e santos fazem milagre. Era nisso que Toninho pensava enquanto contemplava o mar que se estendia à frente. Estavam no meio do sertão cearense: no mesmo local onde, décadas antes, vidas eram perdidas para a seca, pescadores agora lançavam tarrafas em busca de sustento. A construção do açude Orós havia acabado poucos meses antes e aquilo era um milagre dos homens.

– Tu trouxe o traje de banho, Josefa?

– Vá mangando, caçador – a maga rebateu. – Quero só ver se tu vai continuar engraçadinho quando tivermos que entrar pra ver o que se esconde debaixo dessa aguaceira.

Os dois voltaram a observar o açude em silêncio. A superfície espelhada da água reluzia ao sol da manhã e, sob ela, jaziam seus segredos impenetráveis. Os pescadores repetiam o processo incansavelmente: dobravam a rede, arremessavam-na com a habilidade de quem faz daquilo seu viver, e recolhiam para avaliar sua sorte. Algumas vezes, havia peixes. Eles comemoravam, alheios ao perigo.

A melodia predominante eram os miados dos gatos que infestavam o alto dos telhados. Mas a música foi invadida pelo som de chinelas sendo arrastadas, e os dois viraram-se para ver quem se aproximava.

– Bom dia, Don'Ana – Josefa cumprimentou.

– Bom dia, pombinhos – a simpática senhora respondeu, com um sorriso, deixando evidente a falta de alguns dentes. Os companheiros haviam explicado no mínimo dez vezes que não eram um casal, mas a mulher aparentemente preferia ignorar o fato. – Sabia que estariam aqui. Dormiram bem?

– Melhor, impossível – Toninho garantiu.

– Vamos tomar o desjejum? Acabei de passar um café fresquinho e o Ciço fez tapioca com queijo coalho.

– Eu não gosto de tapioca, lembra, tia Ana? – Toninho disse. – Desde menino, nunca gostei, lembra?

– Pra você o Ciço fez duas! – a senhora anunciou, pegando o caçador pelo braço e o conduzindo vila adentro. – Vocês precisam de *sustância* pra caçar esse monstro do açude.

Ana e Cícero tinham sido grandes amigos dos pais de Toninho, e foram também caçadores até a osteoporose impedir que saíssem por aí matando gigantes e exorcizando demônios. Eram, em sua época, responsáveis por livrar o Ceará de qualquer tipo de criatura do mal. Como o único filho do casal decidira ser doutor em vez de trilhar os passos dos pais, avisavam outros caçadores sempre que havia problemas em sua região. Dessa vez, haviam contatado Toninho.

Os três caminharam uns quinze minutos até a casa

de muros brancos e telhas vermelhas. A porta e as janelas pendiam abertas, deixando escapar o aroma convidativo de comida saindo do forno.

– Ciço, achei os meninos!

A mesa estava posta com fartura: bolo de macaxeira, batata-doce cozida, paçoca – carne de sol desfiada com farinha de mandioca –, um pedaço despudorado de queijo coalho e as tapiocas já preparadas e recheadas.

Estando sempre na estrada, eram poucas as oportunidades de ter um banquete como aquele. Cícero começou a colocar coisas no prato de Josefa.

– Primeiro as damas – ele fez questão de dizer. A maga apenas acenava com a cabeça, aceitando tudo que lhe era oferecido. No fim, não se podia mais vê-la atrás do prato.

– Toma, Toninho – o senhor disse, enquanto servia porções ainda mais generosas ao caçador.

– Põe tapioca pra ele, Ciço!

– Oxe, mulher, e tu não se lembra que Toninho não gosta de tapioca?

– Que ladainha é essa? – dona Ana perguntou. – Todo caçador do nordeste que se preze gosta de tapioca!

Ela pegou a travessa de cerâmica e colocou três tapiocas branquinhas no prato de Toninho. O caçador respirou fundo e começou a comer, conformado.

– Voltando ao assunto de ontem à noite – Josefa começou, com a boca cheia de bolo –, onde foi mesmo que encontraram os cadáveres?

– O primeiro apareceu dias depois de ter sumido, lá pra baixo, indo pra Guassussê – Cícero respondeu com a boca cheia, apontando para a direção à qual se referia. – E o segundo eles pescaram aqui pertinho, quando avisaram que o moço mergulhou e não voltou.

— E mesmo assim o pessoal ainda vai se banhar? — Toninho perguntou, mastigando a tapioca borrachuda.

— Ah, sabem como é: o povo prefere morrer afogado a morrer de calor — dona Ana disse.

— E tu sabe o que o padre José Cavalcante disse na missa? — Cícero perguntou. — "Isso que dá encher o rabo de cachaça e ir nadar depois."

— Ele disse: "Encher o rabo de cachaça"? — Toninho questionou. — *Na missa*?!

— Bem, não exatamente com essas palavras — Cícero se explicou. — Mas o que importa é que, com essas insinuações, ninguém vai acreditar nos nossos alertas. Há algo no açude. Algo que não deveria estar lá.

Para qualquer caçador, era muito claro que havia algo estranho acontecendo na cidade. Havia gatos saindo pelos ladrões: nos telhados, nas ruas e às margens do açude, alimentando-se da energia mística que os humanos não conseguiam perceber. Os cachorros, por outro lado, eram avessos a criaturas sobrenaturais, e todos tinham dado no pé, não se via mais nenhum em Orós.

— E a tal da testemunha? — Josefa quis saber.

Cícero e Ana trocaram um olhar e suspiraram em uníssono.

— Ninguém tem paciência pra ouvir o que ele tem a dizer — Cícero disse.

— Por quê? — Toninho perguntou.

Dona Ana deu um suspiro pesaroso.

— Preparem-se para um longo interrogatório — ela anunciou. — Ele é gago.

— Fomos até a margem do açu-açu-açu...

– Açude – Toninho completou, sem conseguir se aguentar. Benedito estreitou os olhos, irritado com a nova interrupção.

– Eu já di-di-di-disse que não é pra fazer i-i-i-i-isso.
– Tudo bem, tudo bem, me perdoe. Não vai se repetir.
– Se-se-se-se-sei – Benedito disse, com ironia. – Quando chegamos ao açu-açu-açu – Toninho mordeu o lábio pra manter a língua dentro da boca – açude, sentamos num ba-ba-ba-ba-ba-banco na margem.

– E viram algo estranho na água? – Josefa perguntou.
– Não. Fica-ca-ca-ca-mos jogando conversa fora. Aluí-í-ízio tava me contando sobre a morena que ele conheceu no fo-fo-fo-forró. E da noite que ele pegou ela de jeito... Ce-ce-ce-cêis sabem.

– Não acho que isso seja importante, Benedito – Toninho interrompeu. – Afinal, quando ele entrou na água?
– Eu fui no boteco da esqui-qui-qui-qui-quina buscar uma cachacinha. Era sá-sá-sá-sábado – ele rapidamente complementou.

– Então vocês encheram o rabo de pinga antes de entrar na água? – Toninho perguntou, começando a desconfiar que talvez aquele episódio fosse apenas um acidente.

– Ná-ná-ná-não – Benedito respondeu, bastante bravo.
– Quando eu tava voltando com a garrafa na má-má-mão, vi o Aluízio entrando na á-á-água. De roupa e tu-tu-tu-tu-tudo.

Toninho arqueou as sobrancelhas. Agora sim o caso começava a ficar interessante.

– Assim, do nada? – Josefa perguntou. – Ele viu alguma coisa na água?
– Não se-se-se-se-sei. Primeiro achei que ele tava só com muito ca-ca-ca-ca...
– Calor? – Toninho arriscou.

– Sim, calor! – Benedito repetiu, irritado. – Depois achei que ele tava fazendo hora com a minha ca-ca-ca-ca-ca...

– Cara?

Benedito o mirou como se quisesse incendiá-lo com os olhos.

– Toninho, tome tento! – Josefa gritou. Depois virou-se para Benedito. – E o que tu fez?

– Gritei: Alu-lu-luízio! Mas ele não se virou. Foi entrando na á-á-á-á-água e afundou.

– E depois? – Josefa o urgiu a continuar.

– Quando ele não voltou, saí gritando SO-SO-SO-SO-SO-SO-SO-SO-SO-SO...

Percebendo que daquela vez Benedito realmente não conseguiria terminar a palavra, Toninho completou com a voz mais solícita que conseguiu.

– So... corro?

– Não. Só so-so-so-so-so-so mesmo. Quando eu fico nervoso, aí que não consigo falar direito. Demorou umas du-du-duas horas até eu conseguir co-co-co-contar o que tinha acontecido.

– E nesse momento o pessoal foi ajudar a procurá-lo?

– Foi. Aí acharam o co-co-co-co-co...

– Corpo – Toninho finalizou.

Dessa vez o homem apenas assentiu com a cabeça de um jeito triste, como se não se importasse com a interrupção.

– Obrigada, Benedito – Josefa agradeceu. – Vamos descobrir a verdade. Ah, se vamos!

O gago foi-se embora e os dois companheiros dirigiram-se até a beira do açude Orós. Pararam a poucos metros da água.

– E então, caçador, quais são suas teorias?

– Mainha uma vez me contou sobre uma criança que morreu afogada no São Francisco – Toninho começou, lembrando-se perfeitamente dos detalhes horripilantes da história. – E toda vez que alguém entrava no rio, no local onde ela havia morrido, a fantasminha vinha puxar o pé do azarado pra encher o bucho dele de água.

Josefa se contorceu num arrepio.

– Afe, se tem uma coisa que me põe medo são esses causos de assombração de criancinha. Tu acha que é fantasma de afogado então?

– Elementar, minha cara Josefa – Toninho concluiu. – Tu se lembra da barragem que estourou há pouco mais de um ano? O Baixo Jaguaribe virou uma lagoa, Conceição do Buraco se inundou e teve até gente que morreu. Pode ser um dos falecidos querendo companhia embaixo d'água.

Josefa o encarou por alguns segundos, numa expressão ilegível.

– Tô impressionada, Toninho – ela confessou, por fim. – Tu pode mesmo estar certo. E no mais, não custa nada fazer o despacho e ver no que dá.

O homem se inflou todinho.

– São muitos anos de experiência e estudos em...

– Menos – Josefa pediu, levantando uma mão em advertência. – Não estrague o momento.

Toninho murchou um pouco, mas decidiu ser prático.

– Então vamos começar os preparativos para mandar a alma penada para o além. E tu sabe o que dizem: "Fantasma que mata fácil, vai difícil".

Voltaram ao centro e foram até a humilde igrejinha de Nossa Senhora do Perpétuo Socorro. Quando um espírito permanece na terra, existe sempre um motivo: há aqueles que nem desconfiam que bateram as botas e seguem sua rotina normalmente; outros têm tanto medo do além que preferem continuar na agonia de viver incorporeamente; alguns ficam por amor, atados à Terra principalmente pelas lágrimas de quem fica. Mas fantasmas como aquele do açude, que ficam pelo desejo de vingança, são os mais difíceis de convencer a partir. Porque vingança é desejo que corrói a essência, que se sobrepõe à razão e até aos instintos. Vingar-se é beber água para tapar buraco-fome: uma ilusão de saciedade que apenas faz doer ainda mais o âmago ferido.

Aquele fantasma resistiria com suas falecidas – *que Deus as tenha* – unhas e dentes. Se afogava inocentes, era muito provável que tentasse afogar, desafogar e afogar de novo quem quisesse mandá-lo embora dali. Por isso, Toninho pediu ao padre José Cavalcante que benzesse seu crucifixo três vezes, que beijasse seu terço e que fizesse uma prece para que Deus lhes acompanhasse.

O padre quase se emocionou ante tamanha devoção e disse, inclusive, que se todos os fiéis fossem como Toninho, ninguém sairia por aí se afogando no açude depois de passar o dia entornando o caneco.

O caçador e a maga dirigiram-se mais uma vez para a beira do açude, até um deque de concreto que se estendia além da margem. Toninho já tinha visto o sol nascer do mar nas praias da Paraíba, mas nunca imaginou que veria a luz ser engolida pela imensidão das águas, muito menos no meio do sertão. O céu estava pincelado de laranja e vermelho, e a superfície do Orós refletia como ouro líquido.

Era de derreter o coração de qualquer um saber que aquela mesma terra, agora submersa, já havia muitas vezes se partido num quebra-cabeças de aridez.

– Que é que é isso, Toninho? – Josefa perguntou, meio divertida. – Tá chorando, homem?

– Que chorando o quê, tá doida? – o caçador disse, rindo e esfregando os olhos. – Meus olhos tão ardendo é por causa dessa luz refletindo aí na água.

– Ah, sei! – a maga concordou, com uma convicção nada fervorosa. – Vamos começar logo esse despacho?

Toninho enrolou o terço beijado pelo padre na mão direita. Na outra, tomou o crucifixo e o estendeu à frente, enquanto Josefa fazia um círculo de sal que abrangesse os dois. A voz do caçador recitando um Pai-Nosso solene e profundo ressoou com o canto das garças brancas. Precisava acertar em cada detalhe, do melhor jeito possível, para garantir que o desencarnado se fosse sem arrumar muita confusão.

Ele esperava sentir a resistência do espírito a qualquer momento, quem sabe até mesmo uma ventania ou gemidos ameaçadores, dependendo do poder e da raiva do morto. Mas não esperava que a superfície da água se agitasse de súbito.

– Oxe, esse aí deve ser dos brabos mesmo, porque eu nunca vi alma penada fazer onda.

Josefa colocou a mão sobre o antebraço dele, e a firmeza do apertão fez com que Toninho se calasse. Ele torceu o pescoço para o lado e observou a maga. Ela trazia uma expressão que o caçador nunca tinha visto naquele rosto: medo.

O coração de Toninho se acelerou. Ele voltou os olhos à água, fritando os miolos para adivinhar o que Josefa acreditava se esconder ali. Um peixe bateu o rabo na superfície e a maga cravou as unhas na pele do caçador.

Parecia um peixe enorme.

Toninho tinha certeza de que o *clic* em seu cérebro fora ouvido até do alto da Pedra do Cruzeiro.

Sua vontade era dar no pé sem olhar para trás, mas sabia que era inútil tentar correr. Estavam próximos demais e não havia mais nada que pudesse ser feito para evitar a morte, se a criatura assim desejasse.

A calma da superfície espelhada foi novamente quebrada por pequenas ondas. A criatura emergiu e os dois caíram de joelhos no cimento áspero. Dessa vez, as lágrimas rolaram livres pelo rosto do caçador.

Aquela era a definição mais pura de uma *visão de tirar o fôlego*. Exatamente como diziam as lendas, Toninho era quase incapaz de respirar; o ar ardia feito fogo em seus pulmões. Mesmo assim, o caçador ainda conseguiu achar forças para admirar cada detalhe daquela imagem: sua pele parda que parecia ter textura de seda sob os dedos, os longos cabelos negros e os olhos de um castanho límpido. Seus traços pareciam ter sido esculpidos pela água, pois cada contorno tinha uma suavidade única. Nem o céu estrelado da época de seca ou o pôr do sol no Orós, nem a sensação da primeira chuva do ano no sertão comparavam-se à beleza da sereia que os encarava.

E bastaria uma nota.

Uma nota cantada e os dois *réus* entrariam voluntariamente na água e se afogariam por ela. Lavariam seus pecados de dentro para fora. Toninho admirava e temia a força do que circulava nas veias de Josefa, mas a magia da maga era uma gota no açude quando comparada à da sereia. Não há no mundo – nem mesmo no sertão, onde dizem haver de tudo – proteção para negar o chamado das sereias.

– Caçador – a sereia disse, seus olhos castanhos líquidos penetrando nos dele. – Vejo o teu passado. Sou o teu presente.

O futuro a Deus pertence, mas sei que mal por mal não farás. Tua alma é transparente, homem. Teus olhos, também.

O coração de Toninho parecia querer pular para dentro da água. Suas pernas por pouco não se liquefizeram. Sereias eram juízes na Terra, conseguiam ver através das pessoas e avaliar seus pecados. Se condenados, a pena era de morte. A execução, imediata. Mas o caçador parecia ter sido absolvido.

Josefa, contudo, tremia ao seu lado. As unhas dela continuavam cravadas no braço de Toninho, suas mãos estavam geladas.

– Maga, tu és feita de pecado – a sereia disse. Josefa trincou os dentes. Toninho não se aguentou e gemeu de leve. – Mas semente de fruto podre também pode florescer. O que faço contigo, filha da sombra?

– Me deixe ir dessa vez, filha da água. Ainda não tô pronta – Josefa respondeu.

A sereia a avaliou por mais alguns segundos, seus olhares presos um ao outro, como se a verdade fluísse livremente entre eles. A criatura enfim assentiu com a cabeça.

– Pois trate de ficar pronta, pois sua hora há de chegar.

O rabo de peixe foi o último a desaparecer.

Toninho e Josefa sorveram o ar em grandes golfadas. O ardor no peito sumiu e foi substituído por uma respiração ofegante.

– Dessa vez achei que a gente ia bater as botas – desabafou Toninho, suas pernas tão firmes quanto geleia de mocotó.

– Eu também – Josefa confessou. – Foi por pouco. Muito pouco.

Os dois permaneceram em silêncio por alguns segundos, tentando se recuperar do susto e da visão estonteante.

– Mas que diacho essa sereia tá fazendo aqui no açude?

- o caçador perguntou, mais para si do que para a companheira.

– Não sei – a maga respondeu, da mesma forma vaga.

Era no mínimo inesperado. Elas gostavam da Amazônia, de grandes rios, de florestas densas, de espíritos antigos. Ouviam-se boatos de sereias vivendo no São Francisco. Mas ali, tão perto de uma cidade...

– Ela deve ter ficado presa – Josefa sugeriu. – Durante a construção do açude.

– E agora?

A maga o encarou e meneou a cabeça.

– Agora nada.

Toninho abriu a boca para argumentar e a fechou em seguida. O que eles dois poderiam fazer, afinal? Passar uma rede e tentar pescá-la? O caçador rechaçou da mente a imagem da sereia morta na beira do Orós, a cauda inerte e os olhos sem vida. Beirava uma heresia. E, de qualquer forma, estariam mortos antes mesmo de a rede tocar na água.

– Mas a gente vai simplesmente deixá-la aí? – Toninho indagou.

– E que alternativa nós temos? Normalmente se espanta sereia com óleo de cravo, mas aqui vamos espantá-la pra onde? Pra margem oposta?

O caçador queria respostas, mas só tinha mais perguntas.

– E além do mais, tu sabe... – Josefa começou.

– Além do mais o quê? – De certa forma Toninho sabia o rumo que aquela conversa tomaria. E não gostava nada, nada. – Sereias matam *pessoas*.

– Apenas pessoas más.

– Como o tal Aluízio, que ficou se gabando da noite com a morena? Desde quando isso merece pena de morte?

— Tu não sabe se esse era o único pecado dele — a maga rebateu.

— E tu não pode afirmar que havia outros.

Os dois se entreolharam. Poderiam discutir por horas sobre o julgamento que as sereias conduziam. Havia grandes defensores, que argumentariam que o que elas faziam não era assim tão diferente da missão dos caçadores: tirar o mal do mundo. Mas Toninho acreditava que todo ser humano deveria ser julgado pela lei dos homens em vida, e dos deuses na morte. Porém, em vez de fazer grandes discursos sobre o valor de cada vida, preferiu se conformar.

— Isso nunca me aconteceu. Nunca desisti de uma caçada.

— Não vamos vencer todas, caçador. Ninguém pode salvar todo mundo.

Tomaram o caminho de volta, calados por tantos motivos que não seria possível enumerá-los. Subiram a encosta devagar, arrastando atrás de si o peso da derrota.

Quando chegaram à casa de Ciço e dona Ana, a única luz vinha de lampiões e o único conforto, do cheiro da panelada cearense que borbulhava no fogão a lenha.

— Oxe, que cara de enterro! — dona Ana exclamou. — Quem morreu?

— Hoje, ninguém — Toninho informou. — Amanhã, só Deus e os videntes sabem.

Contaram os detalhes para os caçadores aposentados. Ciço não conseguia acreditar e confessou que gostaria de ter estado lá para também vislumbrar a criatura mágica. Dona Ana não acreditou. Realmente não acreditou, e disse ainda que os jovens tinham tomado sol demais na cabeça.

Depois do jantar, as redes foram mais uma vez penduradas na sala para os hóspedes. Toninho deitou-se, mas não conseguiu pegar no sono.

– Josefa, tá dormindo?
– Tô.

Ele ignorou a resposta, talvez por causa dos dias de convivência com dona Ana.

– O que tu quis dizer quando falou pra sereia que ainda não tava pronta?

Era uma noite sem lua e os lampiões já haviam sido apagados. Toninho fitou a escuridão, pois gostaria de tentar ler a expressão da maga. Apenas conseguiu ouvi-la respirar fundo.

– Quis dizer isso mesmo, que eu não tava pronta, que não queria morrer.

– Foi mais que isso – o caçador concluiu, convicto. – Era como se tu quisesse dizer que tava se preparando, mas ainda não tava pronta.

Foi então que a maga o ignorou de vez. Uma brisa quase fresca soprou pela janela. Uma coruja piou. Toninho se ajeitou na rede e virou-se de lado, tentando em vão enxergar a companheira.

– Que é que tu quer, Josefa? – ele perguntou e, antes da reposta esquiva, emendou um pedido. – Me diga a verdade pelo menos uma vez.

A rede ao lado rangeu, como se a maga também se ajeitasse. Toninho quase se assustou quando o par de olhos cor de terra brilhou no escuro, como o dos gatos e das corujas.

– Eu só quero o que todo mundo quer, Toninho.

Ele sabia que a resposta tinha sido sincera, talvez pela falta de deboche e pela fragilidade vítrea dos olhos brilhantes. Quando eles sumiram no escuro, soube que não arrancaria mais que aquilo. Pelo menos não naquela noite.

Voltou então a ruminar a culpa.

O caçador sabia que ao longo dos anos outros morreriam afogados no açude Orós. Culpados de seus pecados, nem por isso merecedores da morte. Pessoas comuns se conformariam com explicações comuns: *ele não sabia nadar, o sujeito bebeu demais, o barco simplesmente virou.* Mas cada vez que uma notícia dessas chegasse, Toninho se perguntaria a real razão: seria obra do destino ou da sereia?

Repetiu para si as palavras de Josefa, como um mantra: *"Ninguém pode salvar todo mundo".*

Com um aperto no peito, pressentiu que as repetiria muitas vezes no futuro.

CAPÍTULO 5
CÉU EM CHAMAS

Fogo pagou, cantou, cantou, cantou
Olhou pro céu encarnado e se assustou
Fogo pagou, cantou, cantou, cantou
Compadecida, bateu asas e voou
Água do rio secou, secou
Capeta então reinou
Matando e acabando o que encontrou
Água do rio secou, secou
Credo, Nosso Senhor
Até o próprio sol se incendiou.

Sivuca,
"Fogo pagô"

Bom Jesus do Piauí
Sempre ardeu de calor,
Mas naquele dia em si
Até o capeta arregou.
– *Minha Virge Maria!*
O sete-pele blasfemou.
– *Nessa quentura num fico,*
Daqui sem mais eu me vou.

– *Olha o fogo, olha o fogo!*
Foi o que o povo gritou.

É a seca, é a queimada,
Deus esqueceu de nós,
Fez dessa terra amaldiçoada!

Uma sombra enorme pairou,
Escurecendo a terra rachada.
O cabra pro céu olhou,
E no seus olhos num 'creditava.

Do fundo do bucho gritou:
— *Socorro, mãezinha amada!*

— *Quê que é, homem?*
A gente perguntou.
O cabra, se tremendo todinho,
Logo se explicou:
— *Eu vi um calango no céu*
De asas abertas e fogo nas ventas.
Não é história de pescador,
Juro, pé juntinho,
Que era um calango voador.

E entre dois mandacarus, uma porta se abriu, no meio do sertão cearense.
— Anda, Toninho!
Véia hesitou por alguns segundos, mas no fim passou pelo portal, o caçador em seu lombo. Josefa veio logo atrás, arfando por causa do esforço que a magia demandava. Em um passo, os três tinham viajado quase mil quilômetros.
— Oxe, só quero viajar assim agora! Chega de fritar os miolos no sol e calejar os fundilhos na sela – ele disse à maga.

— Quando tu aprender a conjurar portal, fica à vontade — Josefa rebateu. — Mas aviso que muito teletransporte afina a matéria. Tenho uma amiga que hoje tá quase transparente por causa de um relacionamento a distância.

Observaram os arredores. As ruas de paralelepípedos vermelhos estavam recobertas pelo folhetim amarelo, cuja gravura na capa mostrava um réptil sobre as patas traseiras, labaredas saindo da boca, transformando pessoas em tochas vivas. Disfarçado de cordel, aquele era na verdade um jornal para os interessados e interesseiros nos assuntos sobrenaturais.

Bom Jesus fervia de calor e movimento. Toninho, Josefa e Véia circundavam a praça principal, abarrotada de gente de todos os tipos: caçadores de demônios, bruxos, ciganos e até mesmo peles-falsas — seres mágicos que podiam tomar forma humana ou animal.

Os ânimos estavam quentes, afinal todos se perguntavam sobre os motivos alheios para estar ali. Havia quem quisesse dar cabo do monstro, capturá-lo para vendê-lo no mercado clandestino e até os que achavam possível domá-lo — provavelmente para utilizar a criatura para fins nada nobres.

— Já caçou dragões, Josefa?

— Não — a maga respondeu —, mas já cavalguei um.

Toninho se impressionou, contudo não deixou transparecer.

— E o que que tu sabe sobre esses bichos?

— Tá querendo uma aula, caçador?

— Não, tô querendo só saber o quanto tu sabe pra poder te explicar o resto.

Josefa sorriu de lado, mas respondeu:

— Eles têm a carapaça dura, temperamento esquentado

e uma visão perfeita. Pra cavalgar é só tapar os olhos – a maga explicou. – E matamos dragões igual matamos fogo: afogado ou asfixiado.

– Até que tu tá bem informada.

– Algo a acrescentar?

– Por ora, tá suficiente – Toninho concluiu e Josefa meneou a cabeça.

Um homem parrudo, negro e de ombros largos, veio caminhando com os braços abertos na direção deles.

– Ah, não... – Toninho suspirou, antes de o cabra se aproximar.

– Toninho Tampinho!

O homem o envolveu em um abraço – Toninho lhe batia na altura do peito – e deu um cascão em sua cabeça. O caçador o empurrou, ajeitou os cabelos e o mirou meio emburrado.

– Pedrão Mata-Besta – Toninho cumprimentou, estendendo a mão. – Nem lembro quando foi a última vez que nos vimos. – *Graças a Deus*, completou mentalmente.

Pedrão era alguns anos mais velho que Toninho e também era de família de caçadores. Os dois costumavam se encontrar na Convenção de Assuntos Sobrenaturais, evento que definhara conforme o número de caçadores aumentara. Era mais comum agora que as reuniões fossem estaduais – Pedrão era da região de Juazeiro, na Bahia, e Toninho participava dos encontros da Paraíba.

– Só sei que foi numa daquelas convenções – Pedrão divagou. – Veio pra matar o calango?

– Eu e esse mar de gente – Toninho respondeu. – Essa é Josefa, temos caçado juntos nos últimos meses.

Pedrão estendeu a mão para cumprimentá-la e a encarou por alguns instantes.

– Cheguei ontem e ainda não me juntei a nenhuma equipe – o homem revelou. – A gente bem que podia trabalhar juntos.

Pedrão sempre debochara da altura de Toninho, e aquela sugestão valia muito mais do que um pedido de desculpas.

– Que é que tu acha, Josefa?

– Acho bom – ela respondeu, apontando para o centro da praça. – Todo mundo está em grupos. Temos mais chances de matar o dragão a três.

Toninho observou a cena. As equipes discutiam fervorosamente, planejando estratégias de ataque. Muitos ajudavam na construção de uma pira: o fogo era um grande atrativo para dragões, e aquela parecia a maior fogueira de São João de todos os tempos.

– Aqueles ali – Pedrão começou, apontando para um grupo que se organizava ao redor de uma engenhoca de madeira e metal – são os que parecem mais fortes.

– Todos caçadores? – Toninho questionou.

– Não. O homem é um bruxo, a baixinha de óculos é inventora e a das pernas finas é uma pele-falsa.

– Se transforma em quê? – Josefa quis saber.

– Garça-branca.

– Hu-hum – a maga e Toninho murmuram em uníssono, observando o nariz fino e alongado da mulher alta. Ela parecia uma garça mesmo antes de se transformar.

– Eles querem capturar o bicho vivo – Pedrão explicou. – O bruxo tem um zoológico de criaturas mágicas.

– E aquele grupo ali? – Josefa perguntou, apontando com a cabeça para as mais de vinte pessoas acampadas na rua mais à frente.

– Ficaram só observando a movimentação e já anunciaram que pagam uma fortuna pelo calango, vivo ou morto.

Eram provavelmente comerciantes de itens sobrenaturais e talvez já tivessem fechado algum acordo para vender o bicho. Sangue de dragão era altamente inflamável, uma armadura feita com seu couro era imperfurável, dentes e garras eram mais afiados que aço. E, mais importante que qualquer outra coisa, ainda havia a mágica. Ingredientes poderosos para qualquer tipo de encanto, trabalho, amarração e mandinga. Para o bem ou para o mal. Toninho não gostava da ideia de ver aquilo tudo cair nas mãos erradas e sua intenção era matar o bicho e colocar fogo no corpo.

– Dado que estamos na época da seca, acho que vai ser mais fácil asfixiar do que afogar o calango – Toninho disse, querendo começar o planejamento, já que a fogueira tinha sido acesa e começava a arder cada vez mais alta. – Mas e pra dominar o danado?

– Espiei como quem não quer nada, e vi gente preparando uma venda – Pedrão explanou.

– Ah, vendar um dragão xucro é difícil demais – Josefa concluiu. – Eu tenho uma poção do sono, o difícil é fazer o bicho beber...

– Poção? – Pedrão perguntou, confuso. – E desde quando caçadores sabem fazer poções?

Josefa sorriu, parecendo lisonjeada por ter sido confundida com uma caçadora de demônios. Toninho riu.

– Ela caça, mas não é caçadora por nascença, não – ele explicou. – Josefa é maga.

Pedrão arqueou as sobrancelhas e encarou Toninho por alguns instantes, boquiaberto.

– Tu... – o homem parecia ter perdido as palavras. – Que ideia de jerico é essa, Toninho?!

Ele então se afastou alguns passos e cuspiu aos pés de Josefa.

– Ser dos infernos!

– Pedrão! – Toninho ralhou. – Josefa não é uma maga comum, ela caça...

– Não sei se tu é tonto ou ingênuo – Pedrão disse, encarando o outro caçador e ignorando a maga. – Pau que nasce torto não se endireita, Toninho.

Dito isso, o grandalhão lhes deu as costas e se misturou à multidão.

O silêncio constrangedor perdurou por insistentes segundos.

– Josefa...

– Não se aperreie – ela disse, gesticulando com a mão para que ele deixasse o assunto de lado. – Ouvi coisas do tipo a vida toda e isso nunca me impediu de...

Gritos.

O caçador sentiu a sombra sobre si antes mesmo de vê-lo. Olhou para cima e lá estava o enorme réptil sobrevoando os céus de Bom Jesus: uma versão de dez metros de um calango-de-cauda-verde, corpo cor de terra e asas e cauda de um verde estridente.

A praça transformou-se em um formigueiro recém-atacado. Com uma sincronia digna de quadrilha de festa junina, as equipes se organizaram, prontas para pôr em prática seus planos.

A pele-falsa começou a correr e num piscar de olhos transformou-se. A garça-branca ganhou os céus e voou veloz atrás do réptil. Quando ele fez uma curva em direção à fogueira, o pássaro se posicionou logo acima do dragão e se transformou novamente em mulher. Ela caiu sentada sobre o pescoço da criatura, agarrou-se às escamas e escalou até a cabeça.

O povo aplaudiu.

A mulher estava prestes a vendar o bicho, quando ele girou sobre o próprio eixo e se sacudiu. A pele-falsa foi arremessada em alta velocidade e começou a cair.

O povo gritou.

Ela então se transformou novamente em garça, bateu as asas e aterrissou meio sem jeito; parecia ferida.

O povo acudiu.

O dragão deu um rasante, atraído pelo fogo, e Toninho temeu pelo pior: se ele decidisse assar a vila inteira, só sobrariam cinzas para contar a história. Mas ele apenas mergulhou entre as chamas, ignorando a multidão, e fez a curva para subir mais uma vez. No meio do caminho, contudo, pendia um enorme laço amarrado entre duas árvores. Quando o calango passou, a inventora puxou a corda, que passava entre dezenas de roldanas da estrutura de madeira. Com a freada inesperada, a criatura veio ao chão.

Muitos vieram ajudar a puxar a corda. O dragão tentou bater as asas e se debateu, transformando a situação num cabo de guerra entre humanos e monstro.

Josefa e Toninho também correram em auxílio. Novas cordas foram arremessadas para conter o calango. Ele rugiu.

O bruxo, da mesma equipe da mulher garça-branca e da inventora, encantou uma corda. Ela subiu ao som de uma flauta, como uma cobra dançante, até envolver o focinho do animal, impedindo que lançasse fogo sobre a multidão.

Pedrão era um dos que estavam bem na frente do dragão, arremessando novas cordas. Quando Toninho viu as pupilas verticais do réptil se dilatarem e a fumaça branca sair de suas ventas, teve um mau pressentimento. Ele puxou o braço de Josefa para trás, mas a maga se soltou e correu. No mesmo instante, os músculos do dragão se retesaram, suas asas se abriram e as cordas foram arrebentadas. Inclusive a que mantinha a bocarra fechada.

Josefa estava posicionada à frente de Pedrão e de mais uma dezena de pessoas. O calango abriu a boca e da garganta surgiram labaredas verdes, derramadas sobre todos que estavam ao alcance.

Assustados, homens e mulheres largaram as cordas e deram no pé para salvar a própria pele. Com o restante das cordas agora frouxas, o dragão bateu as asas e ganhou os céus mais uma vez. Josefa e os outros estavam sãos e salvos.

Toninho correu ao encontro deles.

– Eu morri? – Pedrão perguntou, tocando o corpo e se beliscando. – Se eu morri, me despachem pro além logo de uma vez!

– Morreu nada, estrupício – Josefa ralhou. – Tá vivinho da silva.

– Mas... como? – Toninho perguntou.

– Escudo antifogo. É uma dessas mágicas que se aprende no primeiro ano de faculdade: *Princípios básicos de proteção*, volume um.

O homenzarrão encarou a maga por algum tempo e assentiu com a cabeça.

– Agradecido. Mas isso não muda minha opinião sobre magos.

Toninho cruzou os braços e inflou o peito.

– Então tome seu rumo, porque eu e Josefa temos um dragão pra matar.

Pedrão o mirou com um olhar de desprezo e se foi.

Em vez de perder mais tempo discutindo com o companheiro preconceituoso, Toninho se pôs a observar as pessoas e os estragos feitos pelo calango voador. A mulher-garça mancava, mas parecia bem, enquanto a cientista brigava com o bruxo porque as cordas não tinham sido fortes o suficiente. Um charlatão que tentava se passar por um dos ciganos oferecia, em alto e bom som, amuletos afasta-dragão. Caçadores discutiam próximos passos calorosamente, perguntando-se como dominariam um dragão tão grande. As pessoas comuns, em sua maioria, ainda se abanavam, choramingavam e vasculhavam o céu com expressões assustadas.

Mas uma figura destacava-se entre os muitos. Toninho observou o senhor de chapéu de palha ir de grupo em grupo, argumentar com palavras e gestos enfáticos, e ser rechaçado em seguida. Muitas vezes. Até que ele se aproximou da dupla.

– Cês também tão caçando o calango?

– Estamos – Toninho respondeu, curioso para saber o que o cabra diria em seguida. Coisa boa não devia ser.

O homem apertou as mãos ossudas nervosamente.

– Nem todo dragão é mau – o senhor replicou. – É igual cachorro: tem uns que são maus, outros bonzinhos. Depende da criação.

Toninho estava prestes a enxotar o velhinho maluco, quando Josefa pousou uma mão no ombro do caçador, pedindo a palavra.

– Parece uma teoria interessante – a maga disse, num tom apaziguador. – Que tal tomarmos um café e o senhor nos explica um pouco mais?

Era um dia de sol escaldante, desses que derretem o horizonte. João caminhava pela roça, enxada no ombro, chapéu na cabeça, arrancando as ervas daninhas que teimavam em crescer entre as melancias.

Aquela pedra, cujas cores mudavam dependendo do ângulo em que se observava, sempre estivera no mesmo lugar. Apesar de estar bem no meio da plantação, o homem nunca tivera coragem de tirá-la de lá. Era bonita, estranha... E, a bem da verdade, bastante pesada.

João já havia se decidido a voltar para casa, pois o meio-dia não tardava a chegar: a barriga roncava e o cocuruto fritava. Nossa Senhora das Mercês, devia ser o dia mais quente dos últimos cem anos!

Então ouviu um barulho estranho: seco, áspero. Ele se virou e viu a rachadura correndo pela pedra, ramificando-se como galhos de juazeiro. A superfície dura ficou quebradiça e uma das peças do quebra-cabeças foi empurrada de dentro para fora. Uma cabeça reptiliana surgiu no buraco deixado.

Seu João, achando que fosse uma cobra, se afastou. Depois, viu o bicho colocar as patas para fora e pensou: *É um calango!*

Até que avistou as asas.

Não, não era um calango comum, era um calango voador.

Ele se aproximou, imaginando se aquilo era uma miragem. Se abaixou perto do bichinho, estendendo as palmas das mãos, e a criatura se achegou de mansinho. Parecia avaliar o homem. Hesitou por alguns instantes, mas finalmente subiu nas mãos abertas.

João se levantou e o ergueu até que estivesse na altura de seus olhos. O bicho piscou algumas vezes, pôs a língua para fora e guinchou. Depois bateu as asas, mas parecia fraco para voar. O homem concluiu que não podia deixá-lo ali, onde certamente seria devorado por uma cobra ou gavião.

Então o levou para a casa. Ingenuamente, montou para ele uma casinha de madeira – que foi queimada no segundo dia. Ensinou-o a acender as lamparinas e a fazer carneiro assado, que veio a se tornar o prato preferido do bichinho.

Foguinho. O cabra deu até um nome para o novo companheiro.

O bicho foi ficando grande e a casa, pequena. Foguinho passou a viver nos morros, lá para o lado da chapada. Vinha visitar João todas as noites.

Até que alguém o viu.

Bem na época das queimadas.

– Tu tá dizendo então que Foguinho nunca colocou fogo na cidade e nas plantações? – Josefa perguntou, sobrancelhas arqueadas.

– Dizendo, não, jovem – seu João afirmou –, tô garantindo.

Toninho meneou a cabeça, ainda não convencido.

– E as queimadas?

– Menino, tem queimada aqui todo santo ano! – O velho se exaltou. – Antes de Foguinho, antes de vocês, de mim e dos meus antepassados já tinha queimada. O problema foi justamente que avistaram meu bichinho e colocaram toda a culpa no pobre coitado.

– Mas seu João, dragões são selvagens – o caçador insistiu. – Ele pode machucar alguém.

– Óia – o homem começou, com um tom que beirava uma súplica –, eu já prendi ele dentro da casa quando comeu as galinhas, dei chinelada quando ele se enfiou no forno, e dou banho todo ano, que é o que ele mais odeia nessa vida. Ele nunca me fez nadinha, nunca ameaçou me morder ou me queimar.

– Mas hoje ele tentou assar as pessoas na praça – Toninho salientou.

– O coitadinho tava só tentando se defender – seu João retrucou. – Tu já viu algum bicho ficar calmo quando lhe amarram o focinho? O único ser vivo que corre perigo perto de Foguinho é um porco bem redondo, eu garanto. – E não recebendo resposta, completou: – Por favor, Foguinho é como se fosse da família.

– Gostaria de poder lhe ajudar – Toninho concluiu, por fim –, mas não posso deixar o dragão à solta. É meu dever de caçador matá-lo.

– Com licença, seu João – a maga se escusou. – Toninho, uma palavrinha por favor?

Os dois deixaram o casebre do homem. A maga encarou o companheiro, braços cruzados.

– Nós não podemos matar esse calango – ela afirmou.

– Josefa, tu deve saber melhor do que ninguém que dragões são bichos traiçoeiros.

– E que pau que nasce torto não se endireita – ela completou, num tom amargo.

Toninho suspirou.

– Tu tá querendo comparar as asneiras que Pedrão disse sobre tu com a situação toda?

– Não, só tô querendo que tu perceba que está sendo tão cabeça dura quanto ele.

O caçador cerrou os dentes, contrariado. Deixar o dragão vivo não era prudente e ele não entendia por que a maga insistia. As palavras de Pedrão ecoaram em sua mente: *"Não sei se tu é tonto ou ingênuo"*.

– Por quê? – o caçador perguntou, mirando no fundo dos olhos cor de terra de Josefa. – Por que tu quer tanto salvar o bicho? – Ela abriu a boca pra argumentar e ele já foi avisando: – E me diga a verdade, ou não tem discussão.

Josefa perdeu o rumo por alguns instantes.

– Eu... – ela começou e depois mordeu o lábio inferior. – Eu tenho um gato.

– Um gato? – Toninho perguntou, retoricamente. – Não sei se o fogo de dragão queimou teus miolos, mas existe uma *pequena* diferença entre um gato e o monstro que a gente viu lá na praça.

– Coisa-ruim é um gato fantasma. Eu deveria despachá-lo, mas nunca tive coragem – ela confessou. – Porque eu *sei* que ele não faria mal a ninguém. E eu vi essa mesma certeza nos olhos desse homem. Seu João *sabe* que Foguinho não vai machucar ninguém.

– Josefa...

– Toninho – ela interrompeu, carregando tanta seriedade que ele se calou na mesma hora. – Tem gente que não tem quase nada. Se a gente tira o quase, fica só o nada.

Por razões desconhecidas, um nó se formou na garganta do caçador. Incapaz de falar, ele apenas assentiu com a cabeça.

– Nós vamos lhe ajudar, seu João – Toninho informou, voltando para dentro da casa. – Então precisamos de um plano pra atrair o bicho.

– Só que tá todo mundo procurando o calango – Josefa se lamentou. – Quando ele pousar, uma multidão vai estar a postos pra acabar com ele.

– Se eles querem o dragão, o dragão terão – Toninho disse, com um sorriso malicioso. – Só precisamos de uma maga, um galho mágico de cajueiro, uma tocha e um carneiro assado.

O risco luminoso cortou o céu estrelado de Bom Jesus.

Houve os que gritaram em pânico, mãos na cabeça, correndo na direção contrária. Houve os que urraram em guerra, punhos ao alto, avançando para o arco-íris de chamas.

Mas o fato é que a atenção de todos estava para o leste, onde o falso monstro cuspia fogo e iluminava por poucos instantes o céu sem lua.

De cima da chapada, Toninho mirava o horizonte e via os arcos luminosos riscarem o tapete de estrelas ao longe. Sorriu, pensando que Josefa devia estar se divertindo em fazer os caçadores de palhaços.

O aroma do carneiro perfumava a noite quente. Seu João perscrutava o alto e sorriu quando sentiu a lufada de ar que chegou junto com o barulho das asas.

Foguinho pousou com delicadeza, guardou as asas, pôs-se em quatro patas e engoliu o carneiro inteiro de uma vez. Então caminhou até perto de seu João, abriu a boca e deu-lhe uma lambida bífida na cara.

– Foguinho! – o velho exclamou, como se quisesse dar uma bronca no bicho, mas com um tom amoroso de pai.

Toninho não conseguiu conter o sorriso ao ver o reencontro. Mas não havia tempo a perder.

– Estamos confiando em tu pra manter o acordo, seu João – o caçador reforçou.

– Mas é tudo que eu mais quero, caçador! – o homem garantiu, mais uma vez. – Uma casinha isolada, uma roça pra plantar e criar meus porcos e galinhas. Eu e Foguinho queremos distância da cidade. Não é mesmo, Foguinho?

O dragão agitou a cauda verde, contente com a menção do nome. Parecia mesmo um bom menino.

Os dois prenderam no lombo do calango a sela adaptada que Josefa tirara da bolsa mais cedo. Seu João prendeu as malas nas alças de couro e montou. Toninho se aproximou e devagar pousou a mão no pescoço da criatura. Foguinho lhe deu uma lambida na cara e o velho riu.

– Boa viagem – o caçador disse, afastando-se.

– Bendito o dia em que tu e a maga cruzaram meu caminho.

O dragão bateu as asas e Toninho quase foi derrubado com a força da ventania. Em instantes já não se via mais a enorme criatura e seu mestre.

No chão, um pedaço de escama verde reluzia à fraca luz da tocha. Um vestígio da presença do dragão deixada sem querer, assim como a maioria das lembranças. O caçador o pegou, era quase do tamanho de sua mão.

Logo Josefa pousou, montada em seu galho de cajueiro.

– Eles já foram? – ela perguntou, num tom esperançoso.

– Já.

– Ah, que pena, queria ter visto o dragão de perto.

– Foguinho te deixou um presente – Toninho disse, estendendo o pedaço de escama. – Sei que tu gosta de guardar lembranças das missões.

Josefa arqueou as sobrancelhas e Toninho podia jurar que a maga tinha corado.

– Eu só guardo lembranças das nossas vitórias – ela revelou.

O caçador teve que rir.

– Salvar esse dragão teve mais gosto de vitória do que matar qualquer demônio.

Ela sorriu e assentiu com a cabeça. Aceitou o presente e o enfiou dentro da bolsa. Depois de alguns segundos de um silêncio estranho, Toninho divagou:

– Eu bem que queria um dragão como Foguinho.

– Tu nunca ouviu dizer que raio não cai duas vezes no mesmo lugar?

– Já – ele garantiu. – Mas também tinha ouvido dizer que pau que nasce torto não se endireita.

Josefa riu do deboche.

– Hoje eu pago o jantar, Toninho. Que é que tu quer comer?

– E o que mais haveria de ser? Carneiro assado.

CAPÍTULO 6

A LUZ QUE ME ALUMIA

Vou queimar a lamparina
Quando o rei me der sinal
Eu sou da casa de mina
Ele é da casa real
Eu desci da lua cheia
Pelo raio que alumia
Eu cheguei na sua aldeia
Pra fazer encanteria.

Glória Bomfim,
"Encanteria"

Nunca tinha se visto tanta gente no terreiro. Os cantos soavam altos, num esforço coletivo para tentar desfazer a mandinga que fazia o homem ao centro contorcer-se em dor.

— Ai! — ele gritou, segurando o pé direito. — Ai meu dedinho! Oxum, minha mãe, me proteja! Como dói!

— Ui — Toninho gemeu de dor, empaticamente. — Deve ser aquela dor de bater o dedinho no pé da cama.

O cabra já tinha passado por dor de dente, corte de papel, unha virada, picada de formiga, dor de barriga — o caçador esperava que essa não se repetisse —, pedra nos rins e outras que o pobre coitado não soubera descrever.

O homem era o maior picareta da cidade, daqueles que não pagam dívidas, nem promessas de amor. De acordo com a investigação inicial, havia quarenta e oito suspeitos da amarração: as treze ex-namoradas e as quatro atuais, o padeiro e outros comerciantes ingênuos o bastante para vender fiado ao homem, e até a própria mãe do sem-vergonha. Todos se recusaram a falar, portanto era impossível descobrir quem era o responsável. Toninho e Josefa então saíram à procura da única esperança de resolver o caso: os restos do ritual.

Véia tinha um ótimo faro para sacrifícios e não demorou para encontrarem o local. A maga identificou os elementos usados: pó de chifre do capeta, galhos de arruda, um boneco de vodu finamente esculpido em pedra sabão e um punhado bem servido de desejo de vingança – esse último na forma de uma bela cusparada. Nenhum homem comum conseguiria desfazer aquele serviço dos brabos.

Levaram tudo para o terreiro. Até o próprio Pai Francisco, o preto velho, veio para ajudar a desfazer o trabalho. A corimba tocava os atabaques num ritmo mais acelerado e puxava os cantos com o coração. O Pai dançava perto do sofredor, murmurava palavras e passava alecrim nos ferimentos espirituais. A guia de contas brancas e pretas chacoalhava no pescoço da médium, Aurora.

Com licença Pai Ogum
Filho quer se defumar
A Umbanda tem fundamento
É preciso preparar
Com arruda e guiné
Alecrim e alfazema
Defuma filhos de fé
Com as ervas da Jurema.

Depois de horas de sofrimento, o homem começou a arfar com menos intensidade, até conseguir parar.

Choramingou e soluçou baixinho, mas agradeceu aos céus. Aurora o ajudou a se levantar.

— Pai Francisco, *prometo* que não faço mais promessa que não posso cumprir.

— Pois então já começou errado, meu filho — Pai Francisco repreendeu.

Algumas pessoas acudiram o pobre picareta e o levaram para um banho de sal. Toninho aproveitou para se aproximar do preto velho.

— Saravá, meu pai.

— Toninho, quanto tempo. — No corpo encurvado de Aurora, o preto velho acendeu um cachimbo e começou a fumar, satisfeito. — Tenho uma missão pr'ocê. Pros dois, na verdade — corrigiu-se, mirando a maga.

Josefa parecia tímida na frente da entidade, mas assentiu com a cabeça.

— Pois pode dizer, que a gente cuida do que for preciso — o caçador garantiu.

— Sabe, tem uns que acham que no sertão cearense só tem pobreza, que o povo é tudo miserável. E é verdade que tem gente que passa dificuldade, sim, mas também tem muita coisa boa, cada vez mais desenvolvimento chegando, pessoas melhorando de vida — Pai Francisco declarou. Toninho aquiesceu, ciente que essa visão condescendente normalmente vinha de gente de fora. — Só que tem um lugar que tá enriquecendo rápido demais. E não só isso, todo dia eu dou uma espiadinha na santa lista de quem vai pro paraíso, e a desse povo tá ficando curtinha, curtinha.

— E o que que tá condenando as almas? — Josefa perguntou, curiosa. — É pacto com o Diabo?

O preto velho resmungou.

— Só pode ser coisa do sete-pele, mas nunca vi acontecer

assim, aos baldes, tudo de uma vez. Algo muito estranho tá se passando por lá.

— E que lugar é esse, Pai Francisco?

— Quixadá.

Toninho acenou com a cabeça. Nunca recusaria uma missão dada por uma entidade tão importante. Mais que isso, sentia-se honrado por ter sido escolhido.

Pai Francisco despediu-se apenas com um olhar. A gira chegava ao final e o canto recomeçou.

Vamos fechar a nossa gira
Com licença de Oxalá
Vamos fechar a nossa gira
Com licença de Oxalá
Salve Xangô
Salve Iemanjá
Mamãe Oxum, Nanã Buruquê
Salve Cosme e Damião
Oxóssi, Ogum
Oxumaré
Salve Cosme e Damião
Oxóssi, Ogum
Oxumaré.

Quixadá destacava-se no meio do sertão: verdinha, gado gordo, casas bonitas. À beira do Açude do Cedro e dos monólitos que pareciam esculturas feitas por deuses — ou por alienígenas — a cidade parecia o próprio paraíso.

Entretanto, com base nas revelações de Pai Francisco, de paraíso não tinha nada. As almas do povo dali haviam sido riscadas da lista cada dia mais diminuta de homens e mulheres com passe livre para o reino dos céus.

E toda aquela abastança não poderia ser mera coincidência.

Toninho parou na entrada da cidade. Josefa pousou ao seu lado.

– Tem cheiro de capeta aqui, Véia? – Toninho perguntou.

A mula relinchou, em uma clara negação.

Josefa respirou fundo.

– Tu também tá vendo se tem cheiro de alguma coisa? – o caçador indagou.

– Tá me achando com cara de cachorro?

– Não falei nada de cara, só de olfato – Toninho retrucou. Mas ao ver os olhos da maga se estreitando, se apressou em complementar: – Tu tem tanto poder que não me espantaria se conseguisse sentir o cheiro de maldade no ar.

Josefa revirou os olhos, mas pareceu se acalmar.

– O capiroto gosta é de tragédia – ela explicou. – Ele não dá ponto sem nó: te dá um boi, toma a boiada. Nenhuma cidade poderia prosperar assim por intervenção lá de baixo.

– Talvez seja milagre, então.

– Nunca ouvi falar de milagre que custa a alma de quem foi abençoado – a maga divagou. – Isso tá é cheirando mal.

– Pois então tu tem olfato de cachorro mesmo, porque não tô sentindo nada – Toninho disse, incapaz de resistir.

Josefa sorriu de um jeito maquiavélico, fez um gesto rápido com as mãos e Toninho se engasgou nas próprias palavras.

Os dois passeavam pela linda cidade, procurando por pistas. Josefa abordava as pessoas que encontravam pelo caminho, pedindo informações inofensivas: o nome do padre, a indicação de uma hospedagem ou de um bom restaurante. Mas todos se recusaram categoricamente a responder.

– Com licença, o senhor teria as horas? – a maga perguntou para um homem vestido de forma elegante, com uma camisa de mangas curtas e um chapéu bem alinhado.

O senhor negou com a cabeça, mesmo portando um daqueles raros relógios de pulso.

– Não é possível! – Josefa ralhou. – Nenhum desses condenados vai abrir o bico?

O caçador a cutucou, pela décima vez.

– Que foi? – ela perguntou.

Toninho abriu a boca, mas nenhum som saiu.

– Tu tem algo importante a dizer?

Ele confirmou com a cabeça. Josefa abriu a bolsa, revirou o braço lá dentro – o caçador por um momento teve esperanças de que ela lhe devolvesse a voz – e estendeu um caderninho e um lápis ao companheiro.

Ele bufou e disse umas boas verdades inaudíveis à desgramada. Ela o encarou com um sorriso irônico e apontou para o caderninho. Toninho cerrou os dentes, mas deu-se por vencido e rabiscou algumas palavras.

"Estamos sendo seguidos, abestada."

Toninho apontou a direção com a cabeça, e Josefa buscou o perseguidor no local indicado. A mulher suspeita saiu de detrás de uma árvore; usava uma saia de chita, uma camisa meio esgarçada e óculos tortos. Apesar de jovem – não devia ter muito mais de 40 anos – seus cabelos eram grisalhos. Ela caminhou até os dois, os olhos pequenos com um brilho de curiosidade.

– Estamos procurando um restaurante... – Josefa começou.

– Vocês vieram ajudar?

Toninho balançou a cabeça em confirmação.

– Viemos. Mas, primeiro, precisamos saber o que diabos tá acontecendo aqui – a maga complementou, num sussurro.

– Por que não vamos até minha casa? – a mulher convidou, com um sorriso. – Acabei de fazer refresco de umbu.

Toninho salivou e novamente confirmou com a cabeça.

– Por aqui – a misteriosa habitante disse, guiando-os pelas ruas de paralelepípedos recém-colocados.

Andaram por bons minutos. A mulher virava a cabeça para lá e para cá, como se tivesse medo de ser pega em flagrante. Saíram da parte mais rica da cidade e chegaram em um bairro menos luxuoso, onde as ruas eram de terra e as casas, antigas.

– Entrem, rápido – ela os apressou e fechou a porta capenga de madeira atrás de si.

A mulher puxou as cadeiras, convidando-os a sentar, e depois serviu dois copos do suco de umbu. Toninho deu um grande gole na bebida muito doce e fresca, e abriu a boca para iniciar a conversa. Nada saiu. Ele cutucou Josefa, mais uma vez, e apontou para a própria garganta.

– O que foi? – a anfitriã quis saber.

– O pobre ficou mudo recentemente – Josefa explicou – e ainda tem dificuldades para aceitar a situação.

Toninho fuzilou a maga com os olhos. A mulher misteriosa o fitou com uma expressão de quem sentia muito.

– Meu nome é Vicentina – ela finalmente se apresentou. – Graças aos espíritos de luz vocês chegaram, minhas preces foram ouvidas. São enviados de Deus ou dos homens?

Toninho teria dito dos dois. Mas foi a maga quem respondeu:

– O que importa é que viemos para ajudar, mas precisamos saber detalhes do que está acontecendo em Quixadá. Eu sou Josefa, e esse é Toninho – a maga fez as apresentações, rapidamente.

Vicentina sentou-se, ajeitou-se na cadeira e depois tirou os óculos para limpá-los na camisa.

– Há dois anos as coisas têm estado boas. Boas demais – Vicentina reforçou, sobrancelhas arqueadas. – Começou com as chuvas na época da seca, uma bênção. Depois a eletricidade chegou e as usinas de algodão vieram se instalar aqui. Abriram estradas, reformaram a cidade todinha. Até aí dava pra chamar de sorte. Um bom punhado de casamentos aconteceu. Mas apesar das coisas boas, parecia que pairava uma nuvem escura sobre Quixadá.

– Como assim? – Josefa perguntou, dando voz à curiosidade de Toninho. – Como se tudo fosse obra do capeta?

– Não. Eu sou espírita e fui treinada pra sentir esse tipo de presença, eu saberia se isso fosse coisa do sete-pele – Vicentina revelou. – O problema é a tensão no ar. Toda hora tem uma briga, as pessoas se olham de um jeito desconfiado. É como… se essa riqueza fosse torrões de terra a ponto de se desfazerem, como se um pudesse destruir o outro num piscar de olhos.

– E tu conseguiu concluir isso apenas observando o povo?

– Não – Vicentina confessou. Depois suspirou com pesar. – Minha sobrinha… primeiro se casou com um forasteiro. Depois chegou uma carta com notícia da herança de um primo-tio-avô por parte de pai, de quem ninguém nunca tinha ouvido falar. E por último, a mãe se levanta do leito de morte. Pegou malária, a pobrezinha, e o quinino não segurou. Se tremia toda de febre, fazia vômito várias vezes por dia, o doutor já tinha desacreditado… E, de uma hora pra outra, minha irmã se cura. Eu bem que gostaria de acreditar que foi tudo milagre, mas quando a esmola é demais… – Vicentina voltou a torcer os dedos das mãos. – Não me aguentei e fui perguntar a Leninha o que ela tinha feito.

Toninho abriu a boca para fazer uma pergunta e lembrou-se de que ainda estava mudo. Encarou Josefa com um olhar que dizia "pelo-amor-de-deus-mulher-devolve-a-minha-voz" e a maga pareceu considerar. O caçador ensaiou uma cara arrependida, pensando na expressão que o cachorro de seus pais fazia depois de matar uma galinha. Josefa estalou os dedos.

– E o que ela disse? – o caçador questionou.

– Oxe, tu não era mudo?

– Deve ser o ar dessa cidade cheia de milagres – Josefa disse. – Mas então, o que ela disse?

– Ela me fez outra pergunta.

– Qual? – Josefa e Toninho indagaram em uníssono.

– Me perguntou o que eu mais queria nessa vida – Vicentina respondeu e cruzou os braços. Por trás dos óculos, seus pequenos olhos pareciam decepcionados. – E eu disse que nem sempre o que queremos é o que precisamos.

A dupla permitiu que Vicentina remoesse a questão por alguns segundos. O tom repreensivo e as pálpebras caídas denunciavam seu arrependimento. Toninho compreendia; ao tentar mostrar à sobrinha o caminho certo, a tia havia fechado as portas para que ela confessasse seus pecados.

– E Leninha me disse que agora tinha tudo de que precisava e que não podia se arriscar a perder isso. E me pediu pra nunca mais a procurar.

Tinham decidido que Toninho deveria procurar Leninha. Josefa tinha um jeito imponente demais – para não dizer amedrontador –, já a presença do caçador era inofensiva, quase como a de uma mosca-morta.

Toninho bateu à porta do enorme sobrado branco, com grandes janelas e telhado vermelho. A residência ficava a poucas quadras da Lagoa dos Monólitos, numa rua arborizada e pavimentada com paralelepípedos novos.

A porta pesada foi aberta por uma jovem de grandes olhos escuros, cabelos cacheados, bem arrumada num vestido claro de algodão. Ela seria linda, se seu semblante não fosse tão triste.

– Leninha?

A garota arqueou as sobrancelhas.

– Quem gostaria?

– Toninho – ele se apresentou. – Conversei com sua tia e ela me disse que...

A garota já ia batendo a porta na cara do caçador, quando ele colocou o pé no batente.

– Vim te ajudar – o caçador disse, pelo vão da porta. – Sei que tu entrou em contato com algum ser dos infernos que te prometeu felicidade, mas talvez ainda haja tempo de salvar sua alma.

A porta foi reaberta lentamente. Leninha o encarou com olhos arregalados e queixo caído.

– Minha... alma? – a jovem indagou. – Mas eu... não fiz nenhum pacto com o capeta ou coisa do tipo.

Ainda com uma expressão atordoada, Leninha o convidou para entrar.

Toninho teve que segurar o queixo com as duas mãos, nunca havia visto uma casa como aquela. O piso era claro e liso, feito porcelana. No teto, um ventilador funcionava alimentado pela energia elétrica. Havia lâmpadas nos lustres, no corredor e na sala. E até uma televisão, artigo raro, coisa que tinha chegado a pouco tempo naquelas bandas e que ele só tinha visto um par de vezes. Aquilo, sim, parecia bruxaria. Luxo, do tipo que Toninho nunca teria.

— Quem é você? — a garota quis saber. — E por que tu disse que minha alma precisa ser salva?

— Eu sou um caçador de demônios e de outras criaturas do mal — Toninho revelou. — Um preto velho me avisou que algo errado estava acontecendo em Quixadá, muitas almas perdendo o passe para os céus.

À menção da entidade, Leninha franziu o cenho.

— Não tô gostando nada disso — disse a jovem. — Tem gente que diz que preto velho é outra forma do diabo.

Toninho meneou a cabeça.

— O ser humano quer ter direito às suas crenças e ao mesmo tempo desmerece a crença alheia — o caçador disse, num tom reprovador.

A garota corou e mudou o rumo da conversa.

— Eu agradeço a preocupação, mas tu deve estar enganado, seu caçador. Não fiz trato nenhum com a minha alma, não.

— Demônios são danados — o caçador insistiu. — Talvez tu tenha feito um trato e nem saiba disso.

— E como posso ter certeza?

— Tu precisa me contar o que aconteceu. Como tu e a cidade inteira estão conseguindo tudo o que querem.

Leninha se remexeu na cadeira, desconfortável com a situação.

— Não posso te contar. Simplesmente não posso.

— Então não tenho como te ajudar — Toninho lamentou.

— A não ser que... — Leninha hesitou, depois o encarou com intensidade. — Tu parece uma boa pessoa, Toninho. Se tu pudesse realizar um sonho, qualquer um, o que escolheria?

Foi a vez do caçador se remexer na cadeira.

Aquele era um momento crucial. Era a mesma pergunta que Leninha fizera à tia e que depois fechara a porta de comunicação entre as duas. Toninho resolveu responder. Afinal, que mal poderia haver em verbalizar sonhos?

– Eu acabaria com as grandes maldições dessa terra: os demônios, a seca e a fome.

Leninha deu um sorriso tímido.

– É um desejo nobre – Leninha disse. – E se eu lhe dissesse que tu poderia realizá-lo?

Toninho suspirou.

– Leninha, o diabo não dá ponto sem nó. Se eu fizesse um pacto pedindo isso, ele daria um jeito de desfazer o benfeito depois. E, além disso, minha alma ficaria condenada pra sempre.

– Não é um pacto, Toninho, é uma corrente – a garota revelou. – Mas só posso te contar mais se tu aceitar participar.

O caçador tinha que ser esperto.

– Prometo avaliar a proposta com carinho.

– Isso não é suficiente.

– Então... se a tua corrente não condenar minha alma ao inferno – Toninho especificou, devagar –, eu prometo fazer parte.

Leninha o mirou por alguns instantes, avaliando a ideia. Finalmente, concordou com a cabeça.

A garota levantou-se sem dizer nenhuma palavra, se enfiou no corredor e adentrou algum cômodo, enquanto o caçador continuava esperando na sala. Imaginava que ela voltaria com uma galinha preta, sangue e essas coisas que se usa para invocar o capeta. Mas quando ela retornou, trazia nas mãos apenas uma bela lamparina.

Era feita de bronze, em estilo clássico, daqueles que parecem um funil invertido com uma alça. Apesar da aparência antiga, reluzia como se fosse nova.

— Essa lamparina é mágica, Toninho. Qualquer um que a possui tem direito a fazer três desejos.

Um gênio.

O caçador já ouvira falar dos habitantes do limbo que se alimentavam do fogo dos desejos. Eram bastante comuns no Oriente Médio.

— Tem uma criatura vivendo aí dentro, Leninha. É ela quem faz a mágica.

A garota arregalou os olhos.

— É um demônio? — ela perguntou, como se não quisesse realmente saber a resposta. — Minha alma está condenada?

— Não e não — o caçador respondeu e a jovem soltou o ar. — Mas tua alma também não tá a salvo.

— Ô, diacho, se decida! Vou pro inferno ou não quando eu morrer?

— Tu vai pro limbo — Toninho revelou. — E quase todo mundo que vai pra lá consegue uma passagem para o céu depois.

Leninha suspirou, aliviada.

— Então minha situação não é tão ruim assim.

— Não — Toninho teve que admitir, e a jovem sorriu.

Ela empurrou a lamparina em direção a Toninho.

— Tu só precisa acendê-la e fazer os três desejos — ela começou a explicar. — Alguns podem demorar um pouco para acontecer, mas nunca vi a lamparina falhar.

Toninho empurrou o objeto possuído de volta.

— Desculpe, Leninha, mas não posso fazer isso. Vai contra tudo em que acredito.

Os olhos da garota, que já eram grandes, ficaram ainda maiores.

— Tu prometeu — ela disse, em tom de acusação.

— Sinto muito, mas...

– Não! – ela gritou. Depois o agarrou pela camisa. – Toninho, pelo amor de Deus. Eu te escolhi, se tu não fizer teus desejos e passar a lamparina para a frente, a corrente inteira se quebra. – O tom de Leninha era cada vez mais desesperado. – Meu marido se vai, meu dinheiro se perde. Minha mãe cai mortinha agora mesmo. Ela e todas as outras pessoas que foram curadas pelos poderes da lamparina.

Toninho ficou com o estômago pesado, como se tivesse comido dois quilos de dobradinha de uma só vez. Ele não tinha ideia de que a corrente funcionava daquele jeito, e de repente se viu entre a cruz e a peixeira: condenar pessoas à morte e à infelicidade, ou condenar-se a alguns anos no limbo.

Muitos segundos se passaram sem que ele pudesse pronunciar qualquer coisa. Parecia que estava mais uma vez mudo pelo encanto de Josefa.

– Se tu só desejar coisas boas, mesmo assim seria contra teus princípios? – Leninha perguntou, suplicante. – Tu mesmo disse, é tua chance de salvar esse povo todo. De acabar com a seca e com tudo quanto é filho do belzebu. Pra quem tem poder de fazer milagres, se negar a realizá-los não seria um pecado?

– Tô lascado – Toninho disse, enfiando o rosto nas mãos.

O caçador ponderou a situação e de repente se viu pensando nos três desejos. Como os formularia, a fim de tirar o maior proveito possível de cada um? *O primeiro vai ser acabar com a seca e a miséria. Será que esse conta como um ou dois? Meu irmão... posso pedir pra reencontrar meu irmão que não vejo há tantos anos...*

Concluiu que as palavras de Leninha eram verdadeiras. Não fazer aqueles pedidos seria como condenar toda uma gente ao sofrimento.

– Quanto tempo eu tenho?

– Um dia. – Leninha mirou o céu queimado do lado de fora. – Até o pôr-do-sol de amanhã.

Toninho pegou a lamparina pela alça, suas mãos estavam trêmulas. Levantou-se e apenas deu um aceno de cabeça para a jovem.

– Você tem o tempo de uma estação para passar a lamparina para o próximo sortudo – ela avisou. – Tem gente que prefere passar antes, para tirar logo o peso das costas, mas eu preferi esperar e encontrar a pessoa certa.

Toninho definitivamente tentaria tirar aquilo das mãos o quanto antes.

– Uma última pergunta, Leninha – o caçador disse, já no batente da porta. – Tu tá feliz?

– Tenho tudo com que sempre sonhei – ela respondeu, apenas.

Toninho saiu dali e decidiu que faria seus desejos de uma vez. Tinha medo de que a ambição o desviasse do caminho certo.

Pela grandeza do que estava prestes a fazer, decidiu subir na Pedra do Cruzeiro. Chegou lá em cima arfando, mas valeu a pena. O quebra-cabeças de telhados vermelhos e copas verdes estendia-se até a Lagoa dos Monólitos. Essas pedras levantavam-se, imponentes, além da lagoa, irrompendo os campos verdes de uma forma quase mágica. Era, sem dúvida, uma das paisagens mais belas do Ceará.

Toninho pousou a lamparina na pedra, tirou uma caixa de fósforos do gibão e riscou um palito, protegendo o fogo com uma das mãos. Então acendeu a lamparina e ela começou a queimar com uma chama azulada. Seu coração batia acelerado.

– Acabe com a seca no Nordeste – ele solicitou. – Não permita que demônios, monstros e outros seres sobrenaturais façam mal às pessoas, de forma direta ou indireta. – A chama bruxuleou, e por um instante Toninho se perguntou se o gênio seria capaz de fazer aquilo. Não havia como extinguir o mal do mundo, mas havia como proteger pessoas. Refletiu bastante sobre o último desejo, e decidiu que seria justo dar um presente a si mesmo. – Quero reencontrar Agostinho.

A chama diminuiu gradualmente até se apagar de forma natural.

Estava feito.

– Como foi? – Josefa perguntou, assim que ele abriu a porta da casa de Vicentina.

Toninho balançou a cabeça em negativa.

– Ela não me disse nada – mentiu. – Expliquei quem eu era e que sua alma provavelmente estava condenada, mas ela me garantiu que não havia feito nenhum pacto com demônios.

– E tu acha que ela disse a verdade? – Vicentina questionou.

– Acho – Toninho respondeu, tentando levar um pouco de tranquilidade à mulher. – Não sei se é magia ou milagre, mas não acho que ela vendeu a alma.

– Mas Pai Francisco disse que muita gente não vai mais para o céu – Josefa retrucou.

– Isso não significa que as pessoas estejam necessariamente condenadas ao inferno.

Josefa arqueou as sobrancelhas.

– É essa a tua teoria? O limbo?

– Não dá pra ter certeza, mas acho que é possível.

Josefa concordou com a cabeça.

– Comprar feitiços de uma bruxa pode te levar ao limbo – a maga ponderou. – Talvez eles não tenham feito pactos, talvez haja apenas alguém vendendo poções a um bom preço.

— Foi uma das coisas que passou pela minha cabeça — Toninho mentiu novamente.

— E o que fazemos agora? — Josefa indagou. — Tentamos falar com mais alguém?

Vicentina suspirou.

— Ninguém vai recebê-los — a mulher afirmou. — Leninha era nossa única esperança.

— Se for mesmo uma bruxa, ela provavelmente já deixou a cidade, Josefa — Toninho disse. — Acho que não temos mais o que fazer em Quixadá.

A maga o mirou com uma expressão estranha.

— E essa lamparina?

— Leninha me deu, em agradecimento à minha preocupação — ele respondeu. — Pra alumiar nossas viagens.

Para seu alívio, a maga pareceu desinteressada no artefato.

— Partimos amanhã, então — Josefa concluiu. — Desculpe por não podermos fazer mais, Vicentina.

A mulher parecia decepcionada, mas ao mesmo tempo conformada.

— Vocês tentaram ajudar, e isso já é muito — ela disse. — Fiquem aqui essa noite, faço questão.

Vicentina preparou um delicioso baião de dois e suco de umbu. Jantaram calados, ouvindo o radinho a pilha. As notícias relatavam que chovia no sertão cearense. Toninho sorriu ao escutar aquilo e seu coração ficou mais leve, com a certeza de que havia feito a coisa certa.

Toninho dormiu em uma esteira no chão da sala e a Josefa foi oferecida uma rede. O caçador colocou a lamparina com o gênio ao seu lado, apenas por precaução.

— Toninho. — O caçador ouviu seu nome ser sussurrado e foi cutucado nas costelas. — Toninho, acorda.

Ele abriu os olhos e puxou a lamparina junto ao peito. Josefa estava debruçada sobre ele, de joelhos no chão.

— Me conta a verdade.

Com o coração aos pulos, o caçador se sentou.

— Que é isso, endoidou? — ele perguntou, esfregando os olhos. — Não sei do que tu tá falando.

Ela cerrou o maxilar e o fuzilou com os olhos cor de terra.

— Tá me achando com cara de idiota?

De repente, o caçador pensou que deveria ter pedido ao gênio proteção contra a fúria da maga.

— Josefa, eu não...

— Me dê a lamparina.

Toninho se levantou e se afastou, pressionando o objeto com mais força contra o peito. Sentia-se esmagado pela possibilidade de perder seus desejos e pela responsabilidade de não desfazer desejos alheios.

— Por quê? — ele questionou, tentando entender as intenções da maga.

Josefa suspirou e sua expressão se suavizou.

— Sabe o que eu pediria? — ela perguntou, num tom profundo. — Pra que a minha alma não estivesse mais condenada ao inferno. O limbo me parece uma ótima opção.

Toninho começou a se acalmar.

— Você acha que um gênio conseguiria fazer isso?

Ela confirmou com a cabeça.

— Se eu soubesse que tu continuaria a corrente... Eu achei... Desculpa não ter contado antes.

— Tudo bem. No teu lugar, eu também pensaria duas vezes.

Toninho ainda estava apreensivo. Havia considerado magos como inimigos a vida toda, e agora ali estava ele, estendendo uma enorme fonte de poder na mão de um deles.

Mas Josefa se provara de confiança até aquele momento. E mais do que isso, não havia como lhe negar seu desejo: a salvação da própria alma.

Estendeu a lamparina na direção dela.

— Faça boas escolhas. Tu tem um dia pra se decidir.

— Já nasci decidida, caçador.

Com um dedo mágico, Josefa a acendeu. Mais uma vez, a chama brilhou azul.

Toninho já ia se retirando para lhe dar privacidade, mas Josefa o segurou.

— Fica. Quero que tu esteja comigo.

O caçador aquiesceu, feliz por dividir aquele momento com a companheira. A maga conjurou um escudo de som, uma espécie de bolha para que os dois não fossem ouvidos por Vicentina. Depois ela devolveu o sorriso a Toninho e virou-se para o artefato mágico.

— Eu não desejo nada.

E soprou a chama azulada.

Toninho sentiu o corpo gelar. Não sabia o que aquilo significava. A lamparina brilhou intensamente e Josefa a jogou no chão. Do pavio, uma nova chama começou a surgir. Cresceu até o teto e tomou forma.

A pele da criatura era do mesmo azul da chama, o que dava uma aparência doentia ao ser. Seus olhos eram leitosos como os de um cão cego, seu queixo, pontiagudo, e no lugar do nariz havia apenas duas fendas.

O caçador fez força para segurar o baião de dois no estômago.

O gênio sibilou, furioso, na direção de Josefa.

— Volte pro limbo, verme!

A criatura pegou fogo e, da mesma forma que surgiu, desapareceu.

— O que foi que tu fez? — Toninho perguntou, começando a entender.

— Eu poderia te perguntar a mesma coisa — a maga respondeu, em tom de reprovação. — É normal que pessoas comuns se deixem levar pela ladainha de um gênio... Mas até tu, Toninho? Um caçador?

O sangue dele passou de gélido para fervente em uma fração de segundo.

— O que foi que tu fez?! — Toninho gritou, furioso. — Eu pedi... a seca ia acabar! Os demônios iam acabar!

— A que preço?! — Josefa questionou, ainda mais furiosa que ele. — Ao preço de tua alma, imbecil?

— E se eu achar que um tempo no limbo vale a pena? — o caçador revidou. Se não fosse o escudo mágico antirruído, a cidade inteira estaria ouvindo os gritos dos dois. — Quem é tu pra questionar minha decisão?

— Eu sou alguém que tem que conviver diariamente com a ideia de acabar no inferno!

— Quer saber? É isso mesmo que tu merece!

Aquilo pareceu calar a maga. Os dois ofegavam no silêncio raivoso que se seguiu.

— Pelo menos, *eu* acabo de salvar sabe-se lá quantas almas — ela disse, mais calma. — O gênio se foi, e é verdade que os desejos vão se desfazer de algum jeito. Mas aquele verme não tem mais nenhum poder sobre os pobres coitados.

— Pessoas vão morrer por tua causa — Toninho acusou. — A irmã de Vicentina vai morrer por tua causa.

— Ela vai morrer porque já passou da hora dela. Quando tu esfriar a cabeça, vai ver que fiz a coisa certa.

Josefa pegou a lamparina e a enfiou dentro da bolsa.

— Não, não vou ver nada — Toninho bufou. — Pra mim chega. Amanhã cada um segue seu rumo.

Josefa apenas assentiu com a cabeça. Deitou-se na rede de novo e se virou de costas pra ele.

A vontade de Toninho era partir naquele momento, mas sabia que Véia o arremessaria longe se ele tentasse montá-la no meio da noite. Deitou-se na esteira, pensando nas tragédias que se seguiriam nos próximos dias. Sentiu pena de Leninha. Sentiu pena do povo que teria que continuar enfrentando a seca. Sentiu pena de si mesmo, que havia alimentado esperanças de reencontrar o irmão mais velho depois de tantos anos.

– Toninho.

O caçador abriu os olhos. Estava em um lugar muito diferente, com palmeiras e outras plantas que nunca tinha visto antes. Um pouco à frente, cabanas se dispunham em um círculo. À sua frente havia uma fogueira. Ao seu lado, Pai Francisco fumava um cachimbo fedorento.

– A mulher é braba, mas cê sabe que ela tá certa dessa vez. – Toninho estava prestes a rebater, mas o preto velho o silenciou levantando uma mão. – Te mandei pra Quixadá pra salvar a alma dos outros, não pra vender a sua.

O caçador se sentiu envergonhado e suspirou. Queria se explicar, mas pela terceira vez naquela viagem estava mudo.

– Cê veio aqui pra escutar, não pra falar – Pai Francisco continuou. – Ainda bem que a filha do cornudo tava junto, cê tem que agradecer. Me assustei quando vi seu nome desaparecer. Mas depois sorri quando a lista do céu cresceu de novo.

Ele deu uma longa tragada no cachimbo.

– Ela salvou sua alma, homem.

Toninho sentiu a voz voltar assim que o arrependimento o arrebatou.

— E será que ela não merece ser salva também? – o caçador questionou. – Tu não pode salvar a alma dela, Pai Francisco?

Ele sorriu de um jeito triste.

— Não tenho poder pra isso não, meu filho. Mas fico feliz de saber que cê quer isso pra ela. Agora vai que o sol já raiou.

Toninho acordou. Sabia que o que tinha vivido era real; caçadores eram treinados desde criança para identificar sonhos divinos. Olhou para os lados e não viu a rede onde Josefa havia dormido. Foi tomado por um súbito pânico ao perceber que talvez ela já tivesse partido.

Correu para fora e viu a maga acariciando a cabeça de Véia, em despedida.

— Josefa!

Ela se virou. Toninho correu até as companheiras.

— Minha cabeça esfriou – ele disse e sorriu um pedido de desculpas.

— Ah, mas tu vai ter que fazer melhor que isso, Toninho.

— Que é que tu quer? – ele perguntou. – Um pedido de desculpas?

— De joelhos.

Ele riu, achando que era piada. Ela levantou apenas uma das sobrancelhas e cruzou os braços, impassível.

— Oxe, tu é mais dura que o granito de Quixadá – ele reclamou. Mas se ajoelhou por fim. – Me desculpe, mestre das magas, rainha da escuridão, salvadora de almas do limbo, matadora de criaturas das sombras.

— Dessa vez, passa – ela disse, com a expressão de poucos amigos que portava quando tudo estava bem. – E agora se levanta e vai juntar tuas coisas. O sol já raiou e o mal acorda cedo.

Toninho avisou Vicentina de que eles haviam resolvido o problema. Disse também que a irmã dela provavelmente morreria nos próximos dias. A mulher chorou, mas afirmou que era melhor assim.

– E diga a Leninha... – Toninho não sabia muito bem que recado deixar. Afinal, o que poderia consolar uma pessoa que estava prestes a perder tudo? – Diga a Leninha que na vida nem sempre temos tudo o que queremos, mas que a dor termina na eternidade. Ela vai perder a mãe agora, mas, no fim, elas se reencontrarão no paraíso.

Vicentina riu e chorou ao mesmo tempo. Então abraçou Toninho e depois Josefa.

– Sim, todos nos reencontraremos lá, meus queridos.

Toninho lançou um olhar de esguelha para Josefa. Por fora, a maga sorria e devolvia o abraço de Vicentina, mas logo abaixo da superfície o caçador enxergava sua dor. Não, eles não se reencontrariam todos no final. Josefa havia salvado a alma do companheiro, mas ele não era capaz de retribuir o favor. Por esse motivo, Toninho sentia-se ainda mais agradecido – ajudar o próximo quando não se pode ajudar a si mesmo era o tipo de bondade que exigia muito desprendimento.

Metade do caçador estava aliviado por saber que sua alma estava a salvo. A outra se entristecia, pois isso significava que, na eternidade, ele e Josefa estariam separados para sempre.

CAPÍTULO 7

CORAÇÃO DE PEDRA

Pra ser feliz num lugar
Pra sorrir e cantar
Tanta coisa a gente inventa,
Mas no dia que a poesia se arrebenta
É que as pedras vão cantar.

Dominguinhos e Fausto Nilo,
"Pedras que cantam"

Toninho percebeu que daquela vez bateria as botas.

Estavam tentando chamar a atenção da criatura e levá-la para longe da cidade. Ele tinha gritado, jogado pedras e cavalgado perto dela para tentar atraí-la. Mas quando o monstro se irritou e investiu contra eles, Véia fez uma curva brusca demais para escapar, arremessando o caçador. Toninho atingiu o chão com força e rolou na terra vermelha, esfolando os braços e o rosto. Sabia que não haveria tempo hábil para fugir, mas mesmo assim tentou se arrastar para longe. Então a mão gigante o circundou pelo tórax, como se ele fosse um mísero boneco de pano.

Mesmo sob o sol escaldante da Paraíba, uma sensação gélida o arrebatou; era o pavor percorrendo suas veias, sendo bombeado pelos últimos batimentos daquele coração que ainda suplicava pela vida.

Enquanto seu corpo era suspenso, Toninho se debateu, deu socos na pedra e empurrou, tentando de todas as maneiras afrouxar a pegada para se soltar. Véia relinchava e dava coices ferozes na avantajada criatura. Mas era tudo em vão; era como lutar contra uma montanha. Bom, aquilo *era* mesmo uma montanha até algumas horas antes.

Josefa passou zunindo, montada em seu galho de cajueiro; dela só se via um borrão, tamanha a velocidade. O monstro virou a cabeça para vê-la passar, mas continuou segurando o caçador com firmeza.

O corpo e a vida de Toninho estavam literalmente nas mãos do gigantesco *golem* de pedra. A criatura o ergueu até a altura dos enormes buracos que faziam o papel de olhos e o observou. *Golens comem pessoas?* Toninho tapou os olhos, apavorado demais para ver o que viria a seguir, e abriu uma fresta entre os dedos, para garantir que não perderia nenhum detalhe.

Josefa tentou se aproximar pela direita, mas foi enxotada pelas costas da mão do monstro, feito uma mosca. Se ele tivesse acertado o tapa, não restaria um ossinho intacto para contar a história. De uma distância segura, a maga se concentrou, abriu as mãos e lançou um raio sobre o *golem*. O tremor do impacto se propagou pela rocha até os dedos que envolviam o caçador. O único dano foi uma minúscula rachadura no que deveria ser o pescoço dele. Não havia escapatória. Não havia armas contra rochas sólidas.

Toninho deveria rezar aos deuses e santos, pedir perdão pelos pecados e suplicar por uma morte rápida e indolor. Mas, apesar de quase não conseguir respirar, fazia apenas revirar a mente atrás de uma reposta para aquele mistério.

Quem em Araruna tem conhecimento pra dar vida a uma pedra?

A vinte metros de altura, Toninho observou com atenção a cena lá embaixo. As casas de telhados vermelhos pareciam miniaturas. O agreste verde-pálido estendia-se a perder de vista, dividido por caminhos de terra em polígonos artificiais. A multidão corria de um lado para o outro, tentando salvar a própria pele, feito formigas cujo lar acabara de ser destruído. Uma pessoa, entretanto, jazia imóvel, alheia à debandada geral. Era alguém que poderia ter tido acesso ao manuscrito. Como não tinham pensado nele antes?

– É ele, Josefa! – o caçador gritou, apontando na direção do único que poderia salvá-lo. – Ele criou o *golem*!

A maga empinou seu galho e fez uma curva brusca nos céus, derrapando no ar. Ela olhou para o local e encontrou o alvo. Baixou a ponta do galho e mergulhou a toda velocidade na direção daquele que fizera a Pedra da Caveira de Araruna se levantar. Se ela matasse seu criador, a vida também deixaria a criatura.

Deslizamentos. Rochas enormes amanhecendo em lugares inesperados. Tremores de terra noturnos que acordavam moradores já assustados. Esse era o evento sobrenatural que assombrava Araruna, cidade fronteiriça da Paraíba com o Rio Grande do Norte.

O prefeito, covarde que só, trancara-se em casa e prometera uma gorda recompensa a quem solucionasse o mistério. A proposta correu o sertão, sendo passada para a frente pelo meio de comunicação mais eficiente de toda a história da humanidade: o boca a boca.

Assim que a escutaram, Toninho, Josefa e Véia montaram na traseira de um caminhão e percorreram as pistas de asfalto do sertão cearense até o agreste paraibano. Na viagem interminável, quente e poeirenta, dividiram lugar com cortadores de cana, mães procurando atendimento médico para os filhos em outras cidades e gente buscando trabalho.

Além de ser um caso interessante, Toninho tinha esperança de chegar a tempo para a famosa festa de São João de Araruna. Mas ali a comemoração havia sido suspensa; as bandeirolas coloridas ainda dançavam ao vento nos barbantes, porém ninguém tinha coragem de sair à noite para comer um mungunzá doce ou pular fogueira.

Quando os caçadores se apresentaram para a missão, muitos habitantes se colocaram à disposição para ajudar. Todos se reuniram na frente da igreja matriz, devotada a Nossa Senhora da Conceição, para contar suas teorias sobre os sucedidos.

– É assombração, moço – um homem garantiu a Toninho. – Ano passado mataram um cabra e jogaram o corpo aí na serra. Eu bem que avisei que o fantasma ia se invocar!

– Arre égua! – uma mulher ao lado dele exclamou. – Já falei que alma penada é feita de vento, não consegue levantar pedra, não, abestado.

Todos começaram a falar ao mesmo tempo, com a certeza incontestável de que tinham razão. Alienígenas, fantasmas e o besta-fera eram os campeões de votos.

– Primeiro, queremos ver as tais das pedras que se movem – Josefa anunciou, calando a multidão.

– E depois vamos ouvir cada um de vocês separadamente – Toninho complementou.

Seguiram então para a zona rural, onde se concentrava a maior parte dos tremores. Na primeira chácara, um dos integrantes da comitiva apontou para um rochedo ao longe, bem no topo de um morro.

– Olha lá – o homem grisalho disse. – Aquela pedra

ficava ali, no sopé do monte. E agora tá lá em cima! Isso é coisa de extraterrestre, só pode ser!

Os outros danaram a falar e dar suas opiniões. Os defensores de assombração insistiam que alienígenas não passavam de história para boi dormir.

– Quem foi o primeiro a ver que a rocha tinha mudado de lugar? – Toninho perguntou.

– Eu – uma mulher de meia-idade respondeu. – A gente mora logo ali – ela explicou, apontando para a chácara que devia ficar a uns cem metros do morro.

– E tu foi até a rocha pra tentar descobrir o que tinha acontecido?

– E eu lá sou doida? – a mulher retrucou. – Chamei meu marido e pedi pra ele ir lá olhar.

– E ele foi? – Josefa perguntou.

– Não, ele disse que também não era doido e que ia falar pro delegado ir.

– E o delegado foi? – Toninho questionou, começando a se irritar.

– Tem ninguém doido aqui nessa cidade não, seu moço – a mulher respondeu.

Toninho respirou fundo e falou com calma:

– Então até agora ninguém chegou perto da pedra?

A multidão meneou a cabeça de forma sincronizada.

– Melhor assim, a cena do crime vai estar intacta – Josefa concluiu. – Vem, Toninho, vamos dar uma olhada nessa pedra.

O caçador e a maga afastaram-se em direção ao morro – o grupo atrás deles aos murmúrios de que os forasteiros eram doidos – e foram até o local onde a pedra se encontrava antes de ser movimentada. No meio da relva verde, um círculo de terra vermelha se destacava.

— Ela estava bem aqui — Toninho concluiu.

— Não me diga! — Josefa buliu.

Os dois observaram o local com atenção. Toninho procurava pegadas de monstros, de pessoas, indícios de que a pedra fora arrastada ou as marcas redondas características que as naves espaciais normalmente deixavam.

— O que é isso? — ele perguntou, apontando para um local onde a relva estava amassada. — Parece que a grama foi pisoteada, mas não se assemelha a nenhum pé ou pata que eu conheça.

Josefa se agachou e deu uma boa fungada no lugar.

— Tem cheiro de quê? — Toninho quis saber.

— De grama — Josefa respondeu. — *Só* de grama. Tenho uma ideia.

A maga enfiou a mão, o braço e cotovelo em sua bolsa de couro e vasculhou o interior. Primeiro tirou um frasco de vidro grande e arredondado, depois sacou outras peças e finalmente pequenos vidrinhos contendo líquidos e pós coloridos.

— Minha Virgem Maria, que é que é isso? — Toninho perguntou, ao ver a maga rosquear as peças de vidro e montar uma estrutura interligada e confusa.

— Meu laboratório de alquimia — a maga respondeu. — Se tiver algum traço de ser sobrenatural aqui, vou conseguir identificar.

Josefa cortou um pouco da grama pisoteada e jogou no primeiro pote grande e redondo. Em seguida, verteu o conteúdo de alguns dos pequenos frascos ali dentro e por fim acendeu uma fogueira embaixo.

Depois de alguns minutos, um vapor multicolorido se desprendeu da mistura, passou por uma espiral transparente e pingou nos outros potes de diversos tamanhos, cada um contendo um tipo de pó diferente. Uma a uma, a solução em cada recipiente passou de cores fortes para transparente.

— Diacho — Josefa reclamou.

— O que foi?

— Esse aqui fica vermelho se tem algum vestígio de lobisomem na grama — ela explicou, apontando o frasco. — Esse é pra identificar chupa-cabras, esse, demônios; esse, peles-falsas; esse, pé-grande ou besta-fera; o outro, duendes, fadas; e este último aqui... identifica qualquer ser com sangue sobrenatural — a maga revelou, batendo as unhas no vidro. — Mas tá tudo transparente. Isso só pode ser serviço de gente, Toninho.

— Mas e essas pegadas estranhas, são o quê então?

— Não sei. Vamos ver se descobrimos alguma coisa morro acima.

Subiram então a colina e chegaram arfando lá no alto. Caminharam devagar até a pedra que repousava bem no meio. As estranhas pegadas estavam por toda parte.

Toninho avaliou a rocha com atenção, procurando por traços de sangue, marcas de dedos ou rachaduras suspeitas.

— Encontrei algo! — ele anunciou, e Josefa veio ao seu encontro. — Parece um tipo de inscrição.

Os dois examinaram os estranhos caracteres por muitos segundos. A maga tirou um caderninho e um lápis da bolsa e copiou os desenhos: מלוג.

— Conhece essa língua, Josefa?

— Acho que é hebraico, mas não sei ler, não — a maga confessou. — Mas com certeza alguém em Araruna sabe.

Haviam discutido e desenhado uma estratégia, que foi logo aprovada pelo prefeito: bateriam de porta em porta, interrogando as pessoas individualmente e procurando por pistas.

Já haviam batido em muitas, tomado incontáveis cafés e ouvido vários tipos de teorias – a favorita de Toninho até então era a de que o campo gravitacional de Araruna estava sendo manipulado por um mutante e as pedras estavam flutuando sem rumo durante a noite. Exaustos, postaram-se à frente de mais uma casa, mas dessa vez havia algo diferente. No batente da porta, do lado direito, estava afixado um objeto de cerâmica. Desenhados nela, uma estrela de seis pontas com alguns caracteres estranhos: שדי.

– Josefa, olha! – Toninho exclamou, em um sussurro. – Aposto minha peixeira que é a mesma língua que estava na pedra.

A maga sorriu.

– É agora que a gente pega de jeito esse cabra safado.

Bateram palmas. Ouviram passos do lado de dentro e um homem abriu a porta. Era um senhor de pele bem clara, sobrancelhas grossas e nariz curvado. Ele usava uma camisa bem engomada e um quipá.

– Pois não? – o homem perguntou, com um sotaque que soava estrangeiro.

– Estamos investigando o caso das pedras que se movem e gostaríamos de fazer algumas perguntas ao senhor – Toninho explicou. – Eu sou Toninho e essa é minha parceira, Josefa.

– Não sei nada sobre isso. Mas por favor entrem, entrem.

A casa era bem cuidada e aconchegante: nas paredes verdes havia retratos antigos pendurados por toda a parte, o sofá e as cadeiras estofadas eram recobertas de um veludo estampado. Havia uma bonita mesa de jantar e diversos outros móveis, alguns com entalhes complexos.

O homem apontou para o sofá, indicando que a dupla deveria se sentar ali.

– Aceitam chá de hortelã? É muito refrescante.

– Obrigado, mas... – Toninho começou a dizer.

– Com muito gosto, seu Shamir – a maga disse, interrompendo o companheiro.

Assim que o homem sumiu na cozinha, os dois se levantaram e começaram a vasculhar o ambiente. Toninho examinava o aparador ao canto, onde repousava um livro escrito em língua diferente, quando sentiu sua camisa ser puxada. Deu um pulo de fazer inveja a um gato assustado.

Virou-se para encontrar uma miniatura de Shamir a observá-lo.

– Que é que tu tá fazendo, moço?

Toninho sentiu o rosto arder. Ser pego no flagra por uma criança de 7 ou 8 anos era bastante embaraçoso.

– Tava só admirando esse livro bonito.

– Ah, é a Torá – o garoto respondeu com naturalidade. Mas vendo que Toninho não respondeu, completou com um sorriso: – O livro sagrado.

Nesse momento, seu Shamir retornou ao recinto com uma linda bandeja prateada e uma jarra de vidro com as folhas verdinhas.

– Noam, não incomode os convidados – ele repreendeu o garoto.

– Aba... eu só estava mostrando a Torá pra eles.

O pai sorriu de forma discreta, mas foi o suficiente para Toninho perceber que Shamir se orgulhava do menino.

Toninho e Josefa conversaram com Shamir como se de nada desconfiassem. Contaram sobre a incursão na roça e a pedra em cima do morro.

— Em sua opinião, do que se trata? — Toninho questionou.

— Bem, na minha humilde opinião, vocês perderam um tempo precioso — o homem respondeu calmamente. — Isto deve ser peripécia de crianças.

— Mas como crianças iam levar uma rocha tão pesada lá pra cima? — Josefa indagou.

— Ah, Srta. Josefa, crianças são capazes de muito mais do que podemos imaginar. — Ele olhou para o filho. — Não é mesmo, Noam?

O menino ficou mais vermelho que a terra de Araruna e encarou o chão. Parecia consternado por ter sido exposto.

— Aba... eu me comporto — ele respondeu apenas.

— Isso eu sei, mas essas outras crianças daqui... — Shamir parecia irritado. — Sabe o que fazem com Noam, as outras crianças? Roubam seu quipá, zombam dele por ser judeu! Esses pais de hoje em dia não colocam limites nos filhos!

A conversa estava seguindo outro rumo e Toninho e Josefa trocaram um olhar cúmplice; sabiam que não arrancariam muito mais do homem. Então se levantaram e agradeceram a ajuda e o chá. Quando estavam do lado de fora, Josefa estacou e apontou para a porta.

— O que é isso? — ela perguntou.

Shamir sorriu de novo.

— Ah, é a mezuzá. Dentro há um pergaminho com duas passagens bíblicas — o homem explicou. — Atrai Deus para dentro de casa e protege nossa família.

— E esses desenhos, o que significam?

— Desenhos não, Srta. Josefa. Letras! Letras hebraicas — Shamir corrigiu. — São uma abreviação para "Guardião das casas de Israel".

– Interessante, seu Shamir, muito obrigado – Toninho agradeceu. – Até mais.

Shamir e Noam permaneceram no batente enquanto a dupla se afastava. Toninho e Josefa acenaram mais uma vez de longe e pararam ao virar a esquina.

– Letras hebraicas, tu tava certa – Toninho divagou. – O que vamos fazer agora?

– O pessoal disse que as pedras sempre se movem durante a noite – a maga respondeu. – Só precisamos ficar de olho para descobrir o que seu Shamir faz depois que o sol se põe.

Decidiram montar guarda a noite toda.

Encontraram o local perfeito: a laje de uma casa na rua de trás, que dava vista para a janela do quarto de Shamir. Ninguém dormiria com as janelas fechadas naquela noite quente. E, entre os lençóis pendurados no varal, era fácil se esconder.

– Shamir... – Toninho sussurrou, assustado, quando sua cabeça pendeu para a frente mais uma vez.

– Continua dormindo – Josefa respondeu, irritada. – Será que justo hoje ele não vai sair pra levitar umas pedrinhas?

O céu, antes chumbo, começou a adquirir tons mais claros; não haveria ação naquela noite. Josefa resmungou, se levantou, alongou o pescoço para um lado e para o outro e depois desceu pelo muro da frente, Toninho em seus calcanhares.

Chegaram à grande casa do prefeito, onde estavam acomodados, ávidos por boas horas de sono depois da inútil noite em claro.

– Onde diachos vocês se meteram? – o prefeito perguntou.

— Montando guarda na casa do suspeito — Toninho respondeu, esfregando os olhos.

— Pois então vocês dormiram no ponto — o prefeito acusou. — Mais pedras se moveram essa noite!

A maga e o caçador se entreolharam. Não descansariam tão cedo.

— Toninho, chega de espiar. Vamos logo colocar o homem contra a parede — Josefa propôs. — Vai buscar Shamir e eu vou na frente para ver o que está acontecendo na roça.

A maga montou em seu galho de cajueiro e Toninho assoviou para chamar Véia. A mula relinchou uma reclamação; não gostava de ser chamada como um cachorro. Mas depois do sincero pedido de desculpas do caçador, permitiu que ele montasse em seu lombo.

Toninho chegou rápido à casa de Shamir. Observou novamente a mezuzá no batente e deu três socos na porta. Ouviu o homem resmungar qualquer coisa sobre a falta de educação de bater à porta de alguém tão cedo, mas logo ele a abriu.

— Sr. Toninho — Shamir disse, sobrancelhas arqueadas. — Em que posso ajudar?

— Preciso que venha comigo — o caçador anunciou, pronto para arrastar o homem consigo se fosse preciso.

— Claro. Vou colocar uma roupa decente e já volto.

Em poucos minutos, já estavam a caminho da zona rural. Toninho pensava na melhor estratégia para abordar o assunto com Shamir, mas foi o próprio suspeito que puxou conversa:

— Isso ainda é sobre as pedras que se movem? Por que precisam de mim?

O caçador ponderou antes de responder.

— Queremos uma consulta, seu Shamir — Toninho

explicou, com cuidado. – Há alguns desenhos nas pedras e achamos que podem ser letras hebraicas.

– Letras hebraicas? – o homem perguntou. – Impossível! Só eu falo e escrevo hebraico em toda Araruna.

– Alguém de fora pode ter escrito as letras – o caçador se apressou em pontuar. – Pode ter sido qualquer um.

Chegaram ao local e viram um amontoado de gente. Aproximaram-se depressa e Josefa veio ao encontro dos dois, brandindo os punhos.

– Seu... – ela começou, com veneno escorrendo na voz.

– Seu Shamir aceitou vir nos ajudar – Toninho disse, interrompendo-a. – Expliquei sobre as letras hebraicas. Ele vai tentar desvendar o que está escrito.

– Seu... Shamir, que bom que o senhor veio – ela completou, baixando os punhos e segurando as duas mãos do homem. – Por aqui.

A maga e o caçador tiveram uma longa conversa por troca de olhares. Toninho levantou as sobrancelhas, como quem diz "quem sabe ele nos ajuda". Josefa levantou apenas a sobrancelha esquerda e entortou o lábio, em um típico "duvido muito". Mas mantiveram o teatro.

– Essa é a pedra – Josefa anunciou e chegou mais perto, apontando para a inscrição. – E aqui estão as letras.

Shamir tirou do bolso da camisa um elegante par de óculos. Josefa lançou um olhar de esguelha para Toninho, como quem diz "agora é que a porca torce o rabo". Shamir se aproximou da gravação, quase tocando o nariz na pedra.

– Deus amado! – o homem exclamou, dando dois passos para trás, tropeçando nos próprios pés e finalmente caindo de bunda sobre uma macambira. – Ai!

Toninho e Josefa correram para acudi-lo.

— Tu sabe o que significa? – o caçador perguntou, segurando o homem pelo braço para ajudá-lo a levantar.

Shamir assentiu com a cabeça.

— O quê? – Josefa indagou. – O que essas letras significam, homem?

— Não é possível... quem... como alguém saberia... – Shamir gaguejou, mais para si do que para os outros. Depois encarou a dupla com os olhos miúdos por trás dos óculos. – *Golem*.

Os dois, de susto, soltaram os braços do homem e ele se espatifou mais uma vez. Pediram desculpas e o levantaram de novo.

— Alguém tentou dar vida a essa pedra? – Josefa questionou.

— Mas como se cria um *golem*? – Toninho emendou a pergunta.

Shamir meneou a cabeça e finalmente pareceu recuperar o controle sobre as próprias pernas.

— Existe uma fórmula – ele revelou. – Um ritual complexo, que precisa de palavras difíceis, um boneco de argila ou de pedra e uma enorme força de vontade.

Josefa franziu o cenho e cruzou os braços.

— E como é que tu sabe de tudo isso?

Shamir encarou a maga e suspirou.

— Eu tenho a fórmula – o homem revelou. Antes que Toninho pudesse gritar "ah-rá", Shamir complementou: – Mas não fui eu; nunca teria coragem de dar vida a um objeto inanimado. É perigoso demais.

— Desculpe a sinceridade, seu Shamir – Toninho começou –, mas por que deveríamos acreditar que o senhor não tem culpa no cartório?

— Porque vou lhes ajudar. Venham.

Voltaram rápido à cidade. No caminho, Shamir lhes explicou que, em teoria, um *golem* devia obediência a seu criador, mas que já tinha ouvido lendas sobre criaturas que fugiram ao controle. Tranquilizou-os, dizendo que existia um ritual para desfazer o encantamento. Ele tinha tudo anotado e bem guardado em um pergaminho que estava em sua família havia centenas de anos.

Ao chegar à porta, Shamir retirou a mezuzá do batente e pediu que entrassem. Apontou o sofá para a dupla e, com a calma de sempre, foi até a cozinha buscar a bandeja e o chá de hortelã. Serviu dois copos da bebida refrescante e os pousou na mesinha de centro.

— Sabem, a mezuzá só deveria conter os pergaminhos sagrados para proteger a casa — ele explicou, enquanto removia a parte de trás do artefato. — Mas achei que era o lugar perfeito para esconder algo tão peri... Onde está?

O homem revirou a mezuzá, olhou lá dentro e depois encarou a dupla, boquiaberto.

— Sumiu! Não está aqui!

— Quem mais sabia do esconderijo? — Toninho quis saber.

— Ninguém! Nunca contei a ninguém.

— Contando ou não contando, alguém sabia onde estava e roubou o pergaminho — Josefa concluiu. — Tu se lembra do que estava escrito?

Shamir coçou a cabeça e ajeitou o quipá no lugar.

— A parte inicial falava sobre o ritual de purificação; algo sobre esfoliar a pele com areia e lavar o corpo em água gelada, recitando orações. Depois vem a parte realmente complicada: escolher o material, moldar o *golem* em forma humanoide e pronunciar as palavras mágicas. É preciso fazer as escolhas também.

— Que escolhas? — Josefa perguntou.

— O nome do *golem*, os comandos de obediência... Não me lembro de todos os detalhes, mas é nesse ponto que a personalidade do *golem* é moldada, juntamente à sua forma.

— E depois?

— Depois se escreve a palavra *golem* e o nome de Deus é usado para ativar a criatura.

Josefa assentiu com a cabeça.

— E o que faltou pro cabra conseguir? — o caçador perguntou. — Por que não há um *golem* andando por aí?

— Talvez a pessoa ainda seja inexperiente — Shamir respondeu. — Pode se levar anos para aperfeiçoar os detalhes.

— Tu disse que há uma forma de desfazer o encantamento — Josefa interveio. — Precisamos saber qual é.

— É possível esvair a magia, escrevendo HaShem com terra virgem no local onde deveria estar o coração. E há uma segunda opção, pra ser usada apenas em último caso — Shamir suspirou. — Tirar a vida de quem deu vida ao *golem*. A energia vital do criador é que sustenta a criatura.

— Como se escreve HaShem? — Toninho questionou.

Shamir apenas apontou para a mezuzá, onde havia as letras hebraicas "משה".

Toninho e Josefa copiaram as letras algumas vezes para gravá-las. O perigo não parecia iminente, mas deviam estar preparados e, principalmente, tentar descobrir quem era o cabra que estava tentando criar um boneco vivo de pedras. Shamir disse que havia poucos judeus na região, eles estavam mais concentrados em Campina Grande.

— Mas há bruxas, demonologistas e necromantes que estudam hebraico — Shamir reforçou. — É uma língua antiga, a única que pode acordar o Leviatã, conjurar Lilith, trazer as dez pragas e dar vida a um *golem*.

Discutiram quem poderia ter roubado o pergaminho. Shamir contou que ele e a esposa tinham chegado ao Brasil fugindo da Segunda Guerra. Muitos de seus familiares haviam padecido em campos de concentração. Tiveram que arrumar documentos falsos para conseguir sair do país, mas seu sobrenome original era bem conhecido no meio sobrenatural: sua tataravó fora a maior bruxa da história da Polônia. Há alguns anos, havia retomado o uso do nome verdadeiro.

– Talvez alguém tenha reconhecido o nome e vindo atrás do pergaminho...

A conversa parou por causa de um tilintar no armário de louças. Os três se entreolharam e depois Toninho mirou o copo com chá de hortelã na mesinha à frente. Círculos concêntricos se formaram na superfície. Uma vez, e depois mais outra.

O chão estava tremendo.

Gritos foram ouvidos ao longe, mas foi suficiente para que os três se levantassem e corressem casa afora. Os cidadãos de Araruna corriam de um lado para o outro, alguns carregavam seus cavalos e carroças enquanto outros brigavam por algum lugar na já lotada traseira de um caminhão.

– O que é isso? – Toninho gritou para um passante apressado.

– Foge, homem! – o desconhecido respondeu, sem parar de andar. – Foge que a caveira tá viva!

– Caveira? Que caveira? – a maga perguntou, mas o cabra já estava longe demais para ouvi-la.

Toninho virou-se para Shamir, que estava pálido como um fantasma.

– Acho que ele quis dizer a Pedra da Caveira – Shamir disse.

O chão tremeu novamente e os três viraram-se para trás. A necessidade de explicações esfarelou-se no ar.

Ao longe, uma enorme criatura aproximava-se da cidade, maior que qualquer monstro existente no mundo – quiçá no agreste. Sua cabeça era uma rocha branca, com furos onde seriam a boca, nariz e olhos. O corpo, proporcionalmente menor, era formado por mais rocha e terra vermelha.

Toninho engoliu o medo a seco.

– Temos que levar o *golem* pra longe da cidade antes de destruí-lo – Josefa anunciou.

– Vamos precisar de terra virgem – Toninho respondeu. – E me deixe ver de novo como é que se escreve esse tal de HaShem.

Noam. Era ele o criador do *golem*, e Josefa voava em sua direção a toda velocidade.

– Não! – Shamir gritou, o desespero estampado em seu rosto.

O homem havia sido claro: só havia duas maneiras de parar aquela criatura, e não parecia que Josefa estava tentando escrever letras hebraicas no peito do gigante de pedra.

O caçador preferiria morrer a matar uma criança.

– Não! – Toninho gritou, fazendo coro com o pai do garoto. – Josefa, eu a proíbo!

Mas a mulher já pousava do lado de Noam. Toninho fechou um olho – metade dele precisava ver o que iria acontecer, a outra não aguentava olhar – e esperou o raio mortal, a rapadura venenosa, o demônio conjurado, ou que quer que fosse que a filha do tinhoso normalmente usasse para assassinar criancinhas.

Ela colocou as duas mãos sobre o ombro de Noam e lhe disse algo. Toninho, num impulso, fechou o olho direito, incapaz de testemunhar aquilo. Em seguida abriu o esquerdo, impossibilitado de não saber.

Josefa enfiou o braço na bolsa – *meu padre Cícero, é agora* – e veio tirando de lá um objeto metálico. Uma espada? Uma faca?

– Um *triângulo*?! – Toninho sussurrou.

Noam confirmou a suspeita do caçador quando bateu a haste metálica no instrumento, fazendo-o reverberar como um sino. O enorme *golem* virou a cabeça de caveira na direção do som.

Noam se pôs a tocar o triângulo com vigor, transformando barulho em melodia. O *golem* reagiu e Toninho retesou o corpo. Primeiro achou que a criatura estava se desfazendo, ou que o chão estava se abrindo. Mas então olhou para o pequeno garoto judeu, quipá na cabeça, triângulo nas mãos, dançando para um lado e para o outro, e chegou a uma conclusão inusitada: o gigantesco monstro de pedra o imitava. O *golem* estava dançando forró.

Josefa sorriu apenas com o lado direito dos lábios – talvez metade dela estivesse se divertindo, e a outra temendo pela vida do companheiro. Ela passou a perna por cima do galho, deu um impulso no chão e alçou voo. Toninho a ouviu passar zunindo ao seu lado e dar uma volta no gigante, que permanecia hipnotizado pela música.

A maga então surgiu abaixo do pescoço do *golem*. A mão dela estava escura, suja de terra.

Josefa desenhou com cuidado as letras. HaShem. *O nome.*

O efeito foi instantâneo e Toninho sentiu a estrutura se abalar. De repente, se deu conta de que não estava mais nas mãos de um *golem*; estava sobre uma estrutura de pedras e terra que só podia se sustentar por meio de magia. Sem ela, estava prestes a desabar.

Josefa passou pelo caçador e agarrou seu punho no momento em que as rochas colapsavam. Ela voou para longe, rápido, e o caçador agarrava-se como podia ao braço da companheira. Mas ambos estavam cobertos de suor, que brotava por causa do calor e do medo.

As mãos de Toninho escorregavam centímetro a centímetro. Ele segurou o braço de Josefa com força. Escorregou até seu punho. Depois até sua mão. Logo sentia seus dedos se separarem dos dela. Pela segunda vez naquele dia, foi inundado pela certeza gélida da morte.

– Queria ter te conhecido antes – Toninho teve tempo de dizer antes de começar a despencar no vazio.

Não queria olhar para baixo. Encarou fixamente os olhos cor de terra da maga. Era o que queria ver antes de morrer.

– Ai! – o caçador gritou, ao dar de bunda no chão um metro abaixo.

Josefa riu. Gargalhou até que lágrimas vertessem grossas de seus olhos. As lágrimas que saíam dos olhos dele, em contrapartida, eram o resultado de um possível cóccix quebrado.

– Não tem graça – ele gemeu, rabugento.

– Pra tu talvez não – ela respondeu, entre uma gargalhada e outra.

Shamir chegou correndo, arrastando Noam pelo braço.

– Eu… me desculpem… não sei… – o homem começou a dizer. – Noam, por quê? Meu filho, o que fizeste?

– Aba, perdão – o menino respondeu. – Eu não sabia que seria assim… Eu só queria… só queria um amigo.

Toninho sentiu o coração se apertar. Olhou para o garoto mirrado, com seu quipá, sua pele clara e seu nariz curvo. Ele se destacaria no meio de outros garotos dali mesmo que tentasse se esconder. Lembrou-se que as crianças da escola zombavam do pobrezinho.

Josefa se aproximou e novamente pousou as duas mãos sobre os ombros de Noam. Vendo a cena de perto, Toninho agora percebia como era um ato carinhoso. Sentia-se culpado por ter suposto antes que a mulher poderia fazer mal ao menino.

– Noam, isso passa.

– O quê? Não vou mais sentir falta de ter amigos?

A pergunta arrancou um novo sorriso da maga.

– Não, tu *terá* amigos – ela afirmou. – Crianças não sabem o quanto as brincadeiras que fazem podem ferir. Mas todo ser humano cresce e amadurece, feito manga. Alguns apodrecem, mas a maioria se torna doce.

O menino assentiu com a cabeça.

– Noam, um *golem* não tem vida de verdade, nem sentimentos – Toninho explicou. – É apenas matéria que consegue se mover, e isso pode ser muito perigoso.

– Eu não sabia – o garoto se justificou.

– E o triângulo? – o caçador perguntou. – Aquilo foi bastante curioso.

– Eu queria um amigo, um que gostasse das mesmas coisas que eu. Então toquei forró durante o ritual – Noam confessou, com as bochechas vermelhas.

– O que aconteceu com aquelas outras pedras? – Josefa questionou.

Noam torceu os dedos nas mãos e olhou para Shamir. O pai assentiu com a cabeça, permitindo que o filho respondesse.

— Acho que pronunciei as palavras do jeito errado. Eu estava com medo.

— Criar um *golem* exige muita força de vontade e fé — Shamir disse. — A culpa disso tudo é minha, eu nunca deveria ter deixado o pergaminho em casa. Vou fazer o que deveria ter feito desde o início: destruí-lo.

Josefa deu um passo à frente.

— Eu gostaria de ficar com ele.

Shamir a encarou por alguns segundos antes de responder.

— Vocês parecem boas pessoas — ele falou. — Mas não posso entregar algo tão perigoso sem conhecer suas intenções.

Toninho não gostava daquela ideia. Se dependesse dele, colocariam fogo naquela fórmula sem perder tempo.

— Vou usar o pergaminho pra salvar alguém — a maga revelou.

— Quem? — Shamir quis saber.

Josefa suspirou.

— Se eu lhe contasse, essa pessoa estaria perdida pra sempre.

Toninho fitou a companheira, sobrancelhas franzidas; nunca havia escutado nada sobre aquilo. Tinha o sentimento de que, pela primeira vez, vislumbrava um relance do motivo pelo qual Josefa se juntara a ele.

— Você salvou seu amigo sem machucar meu menino. Acho que lhe devo ao menos um voto de confiança — Shamir disse, por fim. — Noam, entregue a ela.

O menino tirou pequeno rolinho de papel amarelado do bolso e o estendeu a Josefa.

— Obrigada — ela agradeceu, bagunçando os cabelos de Noam. — E bora fazer amigos de carne e osso, chega dessa história de pedras e magia.

O garoto sorriu e concordou.

Depois de uma breve despedida, foram acertar as contas com o prefeito e pegar o gordo bolo de notas de cruzeiros. Então, finalmente se dirigiram ao segundo andar da grande casa para uma boa noite de sono.

Josefa já estava com a mão na maçaneta de seu quarto quando Toninho não se aguentou mais.

– Que história é essa de salvar alguém? – ele perguntou. – É por isso que tu tá caçando comigo, não é?

Ela se virou devagar.

– Não posso lhe dizer nada sobre isso.

– Por quê?

– Também não posso explicar o porquê.

O olhar dela era sincero. Toninho fritou os miolos buscando sentido naquilo tudo.

– Um segredo? – o caçador sussurrou.

Josefa arqueou as sobrancelhas e sorriu de lado.

– Boa noite, Toninho.

– Só mais uma perguntinha – ele disse. Josefa bufou, mas esperou. – Se tu *pudesse* contar, me contaria?

– Talvez – ela respondeu, entrou no quarto e bateu a porta.

Toninho encarou a porta por alguns segundos e tomou o rumo de seu próprio quarto.

– *Talvez* é bem melhor que *não* – ele disse para o corredor vazio, com um sorrisinho no rosto.

CAPÍTULO 8
O OLHAR DA ESCURIDÃO

Mesmo triste vão cantando
Em busca de um mundo incerto
De um a um forma-se um bando
Deixando o sertão deserto
De um a um forma-se um bando
Deixando o sertão deserto.

Jackson do Pandeiro,
"Retirante"

Tem noite no agreste que é banhada de luar. Nessas noites, é possível enxergar os arbustos salpicando o chão, os contornos dos mandacarus, as seriguelas, os umbuzeiros de copas baixas. Tudo alumiado por uma luz pálida, que deixa o cenário com jeito de filme; tons de cinza, contornos incertos. Mas tem também noite sem lua nem estrela, quando se vê tanto de olhos fechados como abertos.

Foi numa dessas noites de breu total que dona do Carmo, deitada na rede, viu pela janela um brilho no céu, na zona rural de Estrela de Alagoas. A estranha luzinha ia para lá e para cá, feito um vaga-lume. Mas a senhora sabia que vaga-lume não era; a luz era ligeira, branca demais, e veio crescendo para cima do solitário casebre de pau-a-pique. Era como se a lua estivesse caindo sobre o agreste alagoano.

Dona do Carmo se levantou depressa e observou a cena. A luz foi se aproximando do solo, lá no meio do milharal, e causou um vento forte, fazendo voar poeira para dentro da casinha. Já era possível ver a forma do objeto voador: redonda e achatada, com milhares de minúsculas luzes cravadas que mais pareciam estrelas.

A coisa finalmente parou, a ventania cessou, as luzes se apagaram, e quem não tivesse visto a cena toda nem saberia que, naquele momento, algo se escondia na plantação. Dona do Carmo não teve dúvidas: escancarou a porta, pegou uma vassoura e saiu pisando forte.

— De novo, não, seus *fi' duma égua*!

O vira-lata latia, preso à coleira, ensandecido. Dona do Carmo o soltou.

— Pega eles, Carne-seca! Pega eles!

Mas Carne-seca ganiu e aproveitou-se da recém-liberdade para dar no pé. A mulher nunca vira o cachorro magricela correr tão rápido.

Aquilo, contudo, não a fez diminuir o passo. Continuou caminhando firme, segurando a vassoura com as duas mãos, e se enfiou no milharal, guiando-se por um brilho fraco. Já bem para dentro, avistou *aquilo*. A máquina voadora estava pousada tranquilamente, como se nada fosse, uma portinhola aberta para baixo e algumas *pessoas* paradas ali na rampa, admirando o milho que ela semeara com as próprias mãos.

Dona do Carmo mostrou os dentes e segurou a vassoura com tanta força que poderia tê-la quebrado ao meio.

— Meu milho, seus desgramados! Cês tão estragando todo meu milho!

As pessoas viraram-se na direção do grito. Por Deus do céu, que gente estranha: tinham a cabeça grande demais, os bracinhos e perninhas finos como varetas e, o pior de tudo, estavam nus como vieram ao mundo! Os sem-vergonhas pareceram se assustar com a aparição da senhora enraivecida.

— Xô! — dona do Carmo gritou, sem se deixar abalar pela falta de vergonha, balançando a vassoura da mesma forma que fazia com as galinhas. — Xô, sai daí! Xô, xô, xô!

Alguns deles fugiram rampa acima, mas um permaneceu lá, olhando ao redor como se procurasse por algo. Então gritou:

— Rjkrx! — dona do Carmo não entendeu o diacho daquela língua, mas o tom parecia bem desesperado. — Rjkrx!

Alguém desceu a rampa e puxou o homenzinho enquanto ele se debatia e continuava gritando aquela palavra estranha. A rampa se fechou bem no momento em que dona do Carmo chegava. Sem dó, ela deu umas boas vassouradas naquela coisa gigante, fazendo ressoar o som metálico pela madrugada.

A ventania recomeçou, as luzes se acenderam de novo, e dona do Carmo colocou a mão no rosto para se proteger. A máquina alçou voo, primeiro devagar, para em seguida sumir feito chama de vela que se apaga num sopro.

No segundo seguinte, a senhora estava sozinha, breu total, no meio da plantação. Sorriu, satisfeita consigo, feliz pela paz e silêncio que agora reinavam em seu pedacinho de terra.

De repente, um uivo esganiçado rasgou a noite. Um som lânguido, sofrido, algo que a mulher nunca tinha ouvido antes. Que animal era aquele?

Dona do Carmo se arrepiou toda e fez o sinal da cruz. Desde criança morria de medo de bicho selvagem. Correu pelo milharal, se tremendo toda, chamando pelo único que poderia lhe ajudar em dezenas de quilômetros:

— Carne-seca, volte aqui!

Toninho e Josefa ouviram tudo com atenção, apesar de ambos já saberem muito bem do que se tratava o caso.

Os extraterrestres que a mulher tinha avistado não eram o problema, e sim o ser que eles haviam deixado para trás.

— Como assim *"de novo não"*? — Josefa perguntou. — Tu já tinha visto essas criaturas antes?

— Já — dona do Carmo respondeu. — Quando eu era criança, esse pessoal do futuro pousou no pasto e espantou nossas quatro vacas.

— *Pessoal do futuro*? — Toninho repetiu. — Dona do Carmo, o que tu viu não era gente, não! Eram extraterrestres.

Ela o mirou de cima a baixo.

— E tu já foi pro futuro, por um acaso? Sabe como vai ser a aparência das pessoas lá pros anos três mil?

— Não, mas...

— Então tu não sabe de nada — ela afirmou, mãos na cintura, ainda mais braba que Josefa. Toninho entendeu por que os alienígenas tinham rapado fora assim que a avistaram. — Mas o que importa é que não foram esses abusados que mataram meus animais.

— Nisso nós concordamos — Toninho disse.

— Eu ia ver as luzes se eles viessem estragar meu mio de novo — dona do Carmo continuou, ignorando totalmente o comentário do caçador. — Então decerto uma coisa não tem nada a ver com a outra.

— Não é bem assim — Josefa disse, com cuidado. — Na verdade, se o *povo do futuro* tivesse voltado, seus animais ainda estariam vivos.

Aquilo pareceu intrigar a mulher.

— Oxe, por quê?

— Qual foi mesmo a palavra que o homem gritou quando lhe viu?

— Rjkrx.

— Rijkrex? — a maga arriscou.

– Quase isso – do Carmo respondeu. – Tu sabe o que significa?

– É um nome – Toninho revelou. – O nome do animal de estimação dos ETs.

A mulher ouviu o caçador, mas encarou a maga, como se esperasse uma confirmação. Josefa assentiu com a cabeça.

– E que animal é esse? – a mulher perguntou, sem muita segurança, apertando as mãos uma na outra de um jeito nervoso.

Os três humanos e Véia estavam no alto de um morro, e a paisagem fazia Toninho lembrar-se da antiga casa dos pais. No meio do tapete de um verde apagado, levantava-se a casinha de pau-a-pique de dona do Carmo. As estradas alaranjadas cortavam pasto e caatinga a sumir de vista. Era possível ver também o milharal verdinho e os círculos concêntricos que marcavam o local onde a nave tinha pousado. Mais à frente, havia o cercadinho das cabras. Todas as seis jaziam mortas na terra, sem nem um pingo de sangue para contar a história.

– Tu já sabe, dona do Carmo, tu já sabia que animal era esse mesmo antes de nos chamar aqui – Toninho respondeu. Então colocou a mão na testa, protegendo os olhos, e passou a observar os urubus que sobrevoavam o terreno, felizes com o banquete que lhes esperava logo abaixo. – Chupa-cabra.

Chupa-cabras eram criaturas ariscas, que apenas atacavam animais quando não havia pessoas por perto para vigiar. Logo, avistá-las era incomum, matá-las era raro e capturá-las vivas, impossível. Por isso mesmo, a estratégia mais utilizada entre caçadores era afastar o monstro dos locais afetados, já que nunca fora registrado um caso de ataque a humanos.

Chupa-cabras morriam de medo de bichos peçonhentos, além de odiar o cheiro de cachaça. A técnica mais adotada era então espalhar aguardente pela propriedade durante uma semana e pronto, nunca mais se tinha notícias do dito cujo. Os mais medrosos iam além: curtiam a cachaça com cobras e escorpiões, e deixavam os vidros espalhados pela casa. Já os desmiolados mandavam a bebida curtida goela abaixo.

– Vamos matar o safado, Toninho – Josefa propôs.

– Oxe, por quê? – o caçador questionou.

– E por que não?

– Porque é difícil demais encurralar chupa-cabras. Pode ser que a gente fique esperando por dias e o bicho não apareça – ele respondeu. – O melhor é sair distribuindo cachaça em um raio de alguns quilômetros e ele se vai. Talvez morra de fome na caatinga. Pronto, caso resolvido.

– E desde quando passar o problema pra frente é resolver alguma coisa? – a maga retrucou.

– Desde que "existem criaturas mais importantes pra matar".

Josefa cruzou os braços e bufou.

– Toninho, eu quero resolver esse caso, não tenho muito tempo.

O caçador deu dois passos para trás com a afirmação. Encarou a maga com seriedade.

– Que que tu quer dizer com isso?

– Que não tenho tempo a perder com suas asneiras.

Véia relinchou em protesto ante o comentário preconceituoso. Josefa levantou uma mão em pedido de desculpas à mula.

– Não, nada disso, a forma como tu falou… – Toninho insistiu. – Tu vai morrer? Tá doente? Teve uma premonição?

– Que morrer, o quê! Vai rogar tuas pragas em outro!

Ela parecia sincera. Mas o caçador sabia que estava escondendo algo. Josefa estava sempre escondendo algo. Afinal, ela já confessara que tinha um segredo que não podia revelar.

– Tudo bem – Toninho concordou. – Mas até hoje só espantei chupa-cabras, nunca atraí um. Como vamos fazer isso?

– Com uma isca.

– Cabras! – o caçador sugeriu, brilhantemente.

– Sim e não – Josefa respondeu, com um sorriso estampado no rosto que em nada agrava o companheiro.

Explicou seu plano: comprariam mais algumas cabras para o pequeno sítio de dona do Carmo para que o chupa-cabra viesse comê-las. Pegariam emprestados alguns rifles com os agricultores da região e passariam veneno de cobra nas balas – Josefa tinha um estoque sortido na bolsa, que variava de jararaca a coral, passando por jararacuçu. Mas precisariam espreitar o alienígena, de uma forma que ele não pudesse perceber a presença deles.

– A gente se veste em pele de cabra e se enfia entre os animais. Seremos lobos em pele de cordeiro.

– O chupa-cabra vai sentir nosso cheiro.

– Não se esfregarmos uma glândula do bode morto no corpo.

Toninho encarou a maga por alguns instantes, boquiaberto.

– Esse é o plano mais estúpido que já ouvi – ele disse. – Se der certo, vamos matar o chupa-cabra e ficar com cheiro de bode por semanas. Se não der certo, vamos virar comida de chupa-cabra e ficar com cheiro de bode por semanas.

– Toninho, garanto que dou cabo do cheiro de bode depois – Josefa respondeu. – Tu só tem que garantir a mira.

Ele meneou a cabeça, sem conseguir acreditar que realmente aceitaria fazer parte daquela sandice. Preferia tomar um litro de cachaça com escorpião a esfregar cheiro de bode no corpo.

— Se a gente morrer — Toninho começou —, vou atrás de tu no quinto dos infernos para esfregar na tua cara que eu avisei.

O dia começou bem: tiraram o couro de algumas cabras, rasparam o máximo de carne que conseguiram e os deixaram algumas horas para secar. Mas quando os recolheram, ainda cheiravam a sangue e estavam úmidos.

Josefa ajeitou a cabeça da cabra sobre a de Toninho como um chapéu mórbido e amarrou o couro a seus braços, pernas e tronco com pedaços de barbante.

— Que nojo — Toninho disse ao sentir a umidade cárnea colar a pele de animal à sua.

Ajudou Josefa a fazer o mesmo e depois se prepararam para a pior parte. A maga estendeu um pregador de roupas a Toninho e colocou outro no próprio nariz.

— Tá pronto? — ela perguntou, com a voz anasalada.

— Não — ele respondeu, mas mesmo assim pegou a glândula de bode que a maga lhe estendeu. Mal tinha começado, sentiu o almoço subir à garganta. — Acho que vou vomitar.

— Deixe de ser frouxo — Josefa ralhou, sem muita convicção na voz, trincando os dentes sempre que a ânsia a arrebatava.

Dona do Carmo observava os dois a pelo menos cinquenta metros de distância.

— Tá funcionando! Tá dando pra sentir a catinga de bode daqui! — ela disse, em um tom animado, fazendo um joinha com a mão.

A maga deu um sorriso amarelado e acenou de volta.

— Vamos acabar logo com isso — Josefa falou, passando o braço pela correia de couro do rifle.

Pela noite clara, os dois partiram em direção ao cercado dos animais. Quem visse aquela cena ao longe, provavelmente esfregaria os olhos três vezes e prometeria parar de beber. Duas cabras caminhavam sobre as patas traseiras com um rifle a tiracolo.

Chegaram ao cercado das cabras, onde os animais já se ajeitavam para dormir.

– Agora nas quatro patas, caçador – a maga ordenou.

Toninho teve vontade de chorar.

– Que é que eu te fiz pra merecer isso, pelo amor de Deus?

– E calado, que cabra não fala – ela disse, irritada.

– Béééééé.

Josefa o fuzilou com os olhos, como se prometesse silenciosamente que ele se arrependeria da chacota. Toninho achou que valera a pena mesmo assim.

Mas as brincadeiras acabaram por aí. O papel que representavam naquela noite era o de presa, e a última experiência que Toninho tivera com alguém bebendo seu sangue não lhe caíra nada bem.

Os dois logo se ajoelharam e se acomodaram sobre o antebraço, tentando imitar os animais que dormiam ao redor. Mantinham-se de costas um para o outro, as armas facilmente acessíveis, presas ao peito, para quando fossem necessárias. A tensão era constante, com a expectativa de um ataque iminente.

A lua foi caindo no céu e as nuvens passavam, lançando sombras suspeitas para todos os lados. A posição era desconfortável; a coluna doía tanto que Toninho duvidava que um dia voltaria a ser bípede. Os joelhos, as canelas e as mãos já estavam ralados e perfurados por pedrinhas. Se o caçador morresse, pelo menos sabia que já tinha pagado os pecados da vida atual e ganhado créditos para a próxima.

Mas o pior de tudo – empatado com o fedor de bode – era ter que ficar ali, calado, esperando, fingindo estar alheio ao perigo que existia na região.

Quando já acreditava que nada aconteceria naquela noite, Toninho ouviu um barulho. O farfalhar de folhas seria inaudível durante o dia, mas no silêncio oco da madrugada parecia um estardalhaço.

Toninho sentiu Josefa retesar-se a seu lado e mudar de posição para encarar o local de onde vinha o som, mas ambos continuaram abaixados. Uma das cabras levantou a cabeça e começou a perscrutar a escuridão, observando o arbusto onde um animal parecia se mover.

Então, dois olhos verdes se acenderam no escuro.

A cabra colocou-se em pé nas quatro patas. Seus olhos, muito arregalados, encaravam os dois pontos luminosos à frente. Suas orelhas pendiam para baixo, submissas, e a boca jazia aberta. No início, Toninho achou que o animal estava assustado, mas depois o assistiu caminhar lentamente, num estranho passo mecânico, e pular a cerca de arame em direção ao suposto predador.

Sentiu pena da pobrezinha, mas ao mesmo tempo precisava saber o que aconteceria. A cabra sumiu em meio aos arbustos e em seguida foi possível ouvir um som úmido de sucção, feito o de um cabrito mamando. Aquilo, juntamente ao insuportável cheiro de bode no próprio corpo, fez o estômago do caçador se revirar.

Quando o sangue daquele animal acabou – e Toninho podia jurar que ouvira algo similar ao som do canudinho sendo sugado quando o refresco acaba – outra cabra levantou a cabeça.

Era Josefa.

Toninho tentou puxá-la para baixo, mas ela lhe deu

uma cotovelada e um olhar que dizia "se aquiete ou vou lhe matar". A maga imitou o animal anterior, virando a cabeça de cabra de um lado para o outro, como se procurasse por algo.

Os olhos verdes novamente cintilaram na escuridão. Toninho observou a maga com atenção e viu os olhos dela se arregalarem também. *Eita, que ela é boa mesmo de imitação!*, pensou. Josefa começou a engatinhar em direção aos olhos cintilantes.

Toninho ouviu um rosnado, algo impaciente e excitado, e percebeu que o chupa-cabra dera alguns passos adiante, em direção ao cercado. Podia agora ver seus contornos, e um arrepio lhe cortou a espinha.

A criatura era muito magra, tinha as costas curvadas e focinho longo. Se Josefa não estivesse armada, o caçador estaria bastante preocupado.

Toninho olhou então para o lado, onde a companheira estivera deitada até poucos segundos antes, e viu que o rifle dela ficara largado na terra. Foi a vez do caçador de arregalar os olhos.

Josefa estava a poucos metros da morte e, mais que isso, ela estava entre o caçador e o predador. Toninho não tinha muito tempo, nem conseguiria mirar muito bem dali.

Entre a certeza da morte da companheira e a dúvida, optou pela segunda: apoiado nos cotovelos, fechou o olho direito e mirou em um dos olhos verdes. A criatura percebeu no último instante e virou os olhos diretamente para o caçador, mas nesse momento Toninho já apertava o gatilho.

Naquele milésimo de segundo, Toninho sentiu-se sugado para dentro da imensidão brilhante, que rodava feito um redemoinho, e perdeu o medo, as outras emoções e qualquer consciência da própria existência.

Voltou a si logo depois, com as cabras o pisoteando, assustadas. Ouviu um ganido animal e um grito humano.

O caçador se levantou em um pulo e correu, ao mesmo tempo que rasgava as amarras que prendiam a carcaça da cabra ao seu corpo. Encontrou Josefa no mesmo lugar, ainda de quatro, tremendo-se inteira. Ela não estava ferida, apenas em choque.

À sua frente, o chupa-cabra chorava baixinho, agonizando no chão. De perto era ainda mais horripilante: tinha presas e garras enormes, a pele áspera e sem pelos, e espinhos que corriam do topo da cabeça até o rabo, ao longo da coluna.

Toninho armou novamente o rifle e deu um tiro certeiro na cabeça. Não gostava de ver criatura nenhuma sofrendo, alienígena ou não.

– O que... eu... não me lembro... a luz...

Toninho se abaixou, ajudou a maga a se sentar e desamarrou a capa de cabra dela.

– Hipnose – ele falou, baixinho. – O chupa-cabra hipnotiza as presas.

Josefa respirou fundo e afundou o rosto nas mãos. Então assentiu com a cabeça, concordando com a conclusão do companheiro.

– Eu morri – ela disse, por fim.

– Não, Josefa, tu tá aqui, vivinha da silva.

– Eu parei de sentir dor, medo, parei de querer viver. Eu não ia lutar. Por alguns instantes eu deixei de existir, Toninho – a maga disse, encarando-o. – Se isso não é morrer, não sei o que é.

Ele não tinha uma boa resposta para aquilo.

– O importante é que tu voltou – Toninho disse, levantando-se e ajudando a maga a fazer o mesmo. – E se não tivesse voltado, eu teria ido até o inferno pra te perguntar como é que se tira essa inhaca de bode.

— E era lá mesmo que tu teria me encontrado — ela disse, em um tom reflexivo. Toninho sentiu-se culpado pela piada. Os dois ficaram em silêncio por alguns segundos. — Água com vinagre.

— Hein?

— Água com vinagre vai tirar esse cheiro horroroso — ela explicou. — Mas primeiro vamos cuidar dessa lambança.

Josefa sacou um vidrinho do bolso e abaixou-se perto do falecido chupa-cabra. Recolheu um pouco do sangue, rosqueou bem a tampa e guardou o recipiente dentro da bolsa.

— Sangue de chupa-cabra?

— Ainda não conheço os poderes, mas não é um ingrediente que se acha por aí dando sopa — ela explicou, com um jeito casual. — E vamos enterrar esse bicho logo, antes que alguém o veja e avise a polícia. Se dona do Carmo expulsou os alienígenas a vassouradas, imagine o que ela faria se o exército viesse investigar.

Ela tirou uma enorme pá de dentro da bolsa de couro e a entregou a Toninho.

— Eu é que vou cavar a cova?

— Sim, tô traumatizada demais pra isso.

Toninho fez cara de mal-humorado, mas no fundo respirou com alívio. A verdade é que Josefa era daquele jeito mesmo: ranzinza, mandona. E se voltava a ser ela mesma, era sinal de que estava bem.

O caçador já tinha cavado quase um palmo quando viu ao longe uma nova silhueta curvada, magra e de focinho longo. Por um momento temeu que fosse outro chupa-cabra. Mas depois riu da própria covardice.

— Carne-seca, vem cá, garoto!

CAPÍTULO 9

LUAS PASSADAS

Brilha no firmamento, doce luar,
A brisa vem de leve e passa a cantar,
E um perfume suave vem lá do bosque,
Noite assim bonita, nos faz sonhar.

Humberto Teixeira,
"A estrada do bosque"

A presença de um lobisomem sempre se faz notar: os uivos, as marcas de garras nas portas, as vítimas desaparecidas, o sangue como única evidência do violento ataque. Há como sustentar a negação na primeira, talvez até na segunda transformação. Mas no terceiro mês em que a lua cheia anuncia a tragédia, a conclusão é inquestionável: alguém carrega a maldição do lobo.

O mistério sempre acaba se resumindo à identidade do cabra.

— O lobisomem não sou eu, juro que nunca vesti roupa do avesso! – gritou um dos homens dentro da igreja, ao ser acusado de estar com os braços mais peludos do que o normal.

— Homem, deixa de crendice besta – uma jovem ralhou. – Vestir roupa do avesso não transforma ninguém em lobisomem.

– Pois minha avó dizia que transforma sim, senhora!

– Pra mim, o lobisomem é Clodoaldo! – acusou uma mulher idosa.

– Que eu, o quê, velha maluca! – Clodoaldo respondeu. Depois levantou o braço, olhando para Josefa. – Aqui dona, pode me cheirar!

A maga encarou o homem com o nariz franzido.

– E por que diabos eu faria isso? – ela perguntou.

– Porque quem vira lobisomem tem cheiro de cachorro molhado – Clodoaldo respondeu, como se aquilo fosse óbvio. – Então pode me cheirar e tu vai ver que eu não tenho cheiro de cachorro, não, moça. Tenho cheiro é de homem macho!

Toninho quis rir, mas se segurou. Pelo olhar de Josefa, a vontade dela era transformar o cabra em cachorro molhado ali mesmo. Para evitar uma tragédia, o caçador arrastou a maga pelo braço para longe dali.

– Deve ter umas duzentas pessoas aqui – ele sussurrou enquanto caminhavam pelo corredor da igreja lotada. – Se alguma delas for o lobisomem, esse lugar vai virar um show de horrores quando a noite cair.

– Ele não faria isso – a maga afirmou. – Ele não viria pra um lugar apinhado de gente na noite de lua cheia.

– E como é que tu pode ter tanta certeza?

Josefa deu um longo suspiro, como se estivesse cansada.

– Toninho, depois da transformação, o homem perde a consciência e o controle de si mesmo. Aí, no dia seguinte, acorda assustado, com uma vaga lembrança de gente gritando, sangue espalhado por todos os lados, o gosto da carne... No começo, ele acha que sonhou, até ouvir as notícias sobre os mortos e feridos – ela explicou. – Tu consegue imaginar o que o cabra sente nessa hora? O que tu faria se acordasse e descobrisse que matou um bocado de gente sem querer?

A pergunta pegou o caçador desprevenido.

– Eu nunca permitiria que isso acontecesse.

A maga meneou a cabeça e sorriu de um jeito triste.

– Se tu não tivesse controle sobre teu corpo, não ia poder permitir nem despermitir nada.

– Tá bom, concordo que tua teoria até funciona para a primeira transformação – Toninho retrucou. – Mas, e nas outras? Se ele não queria matar ninguém, por que não impediu as mortes nos meses seguintes?

– Talvez ele não saiba como, não é tão simples assim – Josefa respondeu. – Mas chega de lenga-lenga. Vamos fazer uma última ronda em Inhambupe para ver se ainda tem algum valente, idiota ou bêbado na rua.

Deixaram a igreja de Nossa Senhora da Conceição e ouviram a porta ser trancada atrás deles. Toninho permitiu-se olhar uma última vez e verificar se todas as janelas da grande fachada branca estavam lacradas com tábuas. Atravessaram a praça Cônego Maximiano, onde Véia pastava no jardim, e Toninho a chamou pelo nome. Ele iria na mula e Josefa, no galho de cajueiro, atrás dos desavisados ou desacreditados que ainda não haviam procurado abrigo depois do toque de recolher.

Acharam um grupo que discutia fervorosamente os motivos por trás da renúncia de Jânio Quadros – mal sabiam eles que a teoria mais aceita no meio sobrenatural era de que o então presidente fora possuído e obrigado a fazê-lo – e tiveram que convencê-los a continuar a briga dentro de casa. Acharam um outro cabra que proclamava a chegada do apocalipse e informaram-no de que a igreja estava lotada e ninguém podia sair: o público seria todo ouvidos a noite inteira. Um grupo jogava carteado e fumava cigarros de palha, outro tomava cachaça na frente de um boteco. A cada um desses encontros, Josefa parava em frente às pessoas e as encarava com os olhos semicerrados por vários segundos, sem dizer nada. E todas as vezes elas a encaravam de volta, com a expressão de que estavam achando aquilo bastante esquisito.

— Maga, sua louca, que tu tá fazendo? — o caçador quis saber depois de mais um daqueles embaraçosos momentos.

— Telepatia.

— Pois, pela cara de todo mundo, parece que não tá funcionando, não.

Josefa o encarou com as mãos na cintura. Ela estava com os longos cabelos negros soltos, os olhos castanho-avermelhados cheios de si.

— Tu não sabe nada sobre lobisomens, Toninho?

É claro que ele sabia. Com um estalo mental, lembrou-se de que aqueles amaldiçoados adquiriam o poder de invadir a mente alheia quando estavam próximos a se transformar.

— Ah, tu tá tentando mandar uma mensagem pro lobisomem!

— *Voi*là.

Toninho olhou para cima. Não havia nada *voando lá*, mas em vez de perguntar o que ela queria dizer com aquilo decidiu voltar ao assunto principal.

— E o que tu tá tentando falar dentro da mente do safado?

Josefa olhou para cima também, imitando a atitude de Toninho, provavelmente procurando o que havia chamado a atenção do companheiro nos céus.

– Que ele não pode ir para a igreja. E que se tranque em casa sozinho pra não matar mais ninguém. E que eu posso ajudá-lo se ele precisar.

– Boa ideia – Toninho disse, virando-se para ela. Pôde observá-la por alguns instantes sem ser notado, enquanto ela fitava o céu do fim da tarde. – E aí, quando ele se revelar, a gente pega a adaga de prata e...

Josefa virou-se para ele com a boca aberta. Estava chocada.

– Que foi? – ele perguntou, se perguntando o que poderia ter feito de errado.

– A gente não vai matá-lo.

– Por que não? Um mês atrás tu quis matar um chupa-cabra, que nunca atacaria uma pessoa, e agora tu quer poupar um lobisomem?

– Pelo amor de Deus, homem, tu tá falando de um ser humano.

– Que provavelmente já matou dezenas de outros seres humanos – ele rebateu, irritado com a lição de moral vindo logo de quem não pensava duas vezes antes de fazer feitiço ou conjurar um demônio.

Ela cruzou os braços. O caçador a imitou.

– Pois fique sabendo que já conheci um lobisomem que não matava ninguém.

– Ah, claro. Ele te deu a palavra que não matava ninguém e tu caiu nessa ladainha? – Toninho perguntou, cada vez mais irritado. – E por um acaso tu tava do lado dele dia e noite pra ter certeza?

– Por um acaso estava, sim. Nós estávamos *juntos* – ela respondeu, uma sobrancelha erguida.

Toninho ficou surpreso e sentiu o rosto ficar quente.

– Ah, então tá, então...

Josefa ficou zangada com o desconcerto dele e apontou um dedo em suas fuças.

— Que que é, Toninho, vai ficar me julgando porque namorei um lobisomem? Me relaciono com quem eu bem entender e tu não tem nada a ver com isso. Tu acha mesmo que depois de séculos de vida, vou ficar me prendendo a coisa besta? Se eu gosto da pessoa, eu gosto da pessoa e pronto! Não tô nem preocupada se é homem, se é mulher, se não é nenhum dos dois.

— Tá bom, Josefa, eu não quis...

— Ah, que não quis o quê! Parece até que vocês, mortais, esquecem que a vida é curta demais pra ficar se enxerindo na dos outros. Todo mundo deveria ter direito de viver como quer, de não ter que ficar se escondendo por causa desse tipo de pensamento.

— Que isso, maga, eu concordo com tudo que tu tá dizendo e também acho que...

— Mas se tu quer mesmo saber, eu sou pansexual e não me envergonho disso. Pronto, falei. — Ela deu uma pausa para respirar e, vendo a confusão que certamente estava estampada na cara dele, complementou com mais suavidade: — Depois te entrego um panfleto do futuro sobre o assunto, se quiser entender melhor.

Toninho demorou alguns segundos para recuperar a fala.

— Pan o quê?

— Panfleto.

Toninho balançou a cabeça, aquela conversa tinha tomado um rumo totalmente inesperado. Preferiu voltar para o assunto do caso para não levar mais bronca.

— Josefa, tu já me fez desistir de matar um dragão uma vez, mas era diferente, porque havia alguém pra se responsabilizar por ele. Mas quem é que vai conter o lobo?

– O homem. Lobo e homem. Lobisomem. É uma palavra só, um corpo, mas duas mentes separadas. – Ela o encarou e já não estava mais irritada. Só triste. – Por favor, Toninho, vamos pelo menos tentar falar com ele.

Mesmo contrariado, Toninho concordou. A verdade era que, se encontrassem o lobo já transformado e não o homem, não haveria como conversar.

Continuaram vasculhando a cidade e já estavam no limiar da zona urbana, onde as últimas casas ladeavam a estrada. Lá, quando a noite estava prestes a cair, ouviu-se um grito sofrido.

Toninho e Josefa seguiram naquela direção e logo começaram a ouvir uma lamúria constante. Entraram em um beco escuro e viram um estranho vulto atirado ao chão, feito um monte de lixo. Aproximaram-se devagar, enquanto a figura contorcia-se em improváveis ângulos e sussurrava:

– Não, não, não... por favor, não, não, não...

– Venha, Toninho. A transformação ainda não começou.

– Como é que tu sabe?

– Lobisomens não falam – ela esclareceu. – E trate de controlar qualquer pensamento que possa assustá-lo.

Toninho assentiu com a cabeça e concentrou-se em pensar que queria ajudar. Que ele não sabia como controlar a besta, mas que sua companheira sabia. *Mas se ele matar mais alguém, a culpa será nossa, que não o matamos antes.* O homem pareceu reagir àquele pensamento, com um choro que estava entre um ganido canino e um murmúrio humano. *Tá tudo bem, homem. Nós vamos lhe ajudar. Tu não mata ninguém hoje.*

Josefa abaixou-se ao lado do estranho e tocou-lhe o ombro.

– Dói... dói muito...
– Eu sei – ela respondeu. – E vai doer sempre.
Vendo-o assim, Toninho se compadeceu do pobre coitado. E pensar que pouco antes queria cravar-lhe uma faca de prata no bucho. *Mas será que não é melhor morrer do que viver nessa agonia?*
– Não! – o homem respondeu. – Não quero morrer. Não me mate, não me mate, por favor!
Josefa cerrou os dentes e lançou um olhar assassino a Toninho. Então o caçador se deu conta de que quem corria o maior risco naquela noite era ele mesmo.
– Ninguém vai lhe matar, não, homem – a maga se apressou em dizer. – Mas também não podemos permitir que tu mate mais ninguém. Me ajuda aqui, Toninho.
Os dois carregaram o amaldiçoado, Toninho pelos braços e Josefa pelas pernas. Ele estava quase moribundo, tamanha a dor. Bateram na porta da casa mais próxima.
– Quem é? – uma mulher gritou do lado de dentro. – É o lobisomem?
De certa forma, era. Mas em vez de dizer isso, Toninho respondeu:
– Lobisomens não falam, minha senhora, pode abrir!
Explicaram que aquele homem estava muito doente, que não haveria tempo de levá-lo à igreja, e que precisavam protegê-lo do lobisomem. Não era inteiramente mentira.
– E vocês ficariam mais seguros na igreja – Josefa se apressou em comentar, quando a mulher disse que os três forasteiros poderiam passar a noite ali com a família. – Ouvi dizer que o lobisomem está nessa região, e lhe garanto que ele consegue derrubar uma porta fraca assim num sopro.

A mãe logo entregou as chaves para Josefa e saiu arrastando os dois meninos pelos braços, cada um deles puxando atrás de si um trenzinho de latas de conserva e tampinhas de refrigerante.

Lá fora o céu ainda estava claro, mas com as janelas cheias de tábuas e a porta fechada, o único cômodo do casebre estava imerso numa semiescuridão profunda, quebrada apenas pela luz de um candeeiro sobre a mesa.

– Como é teu nome? – Josefa perguntou ao homem.

– José... – ele respondeu, num suspiro.

– José, é noite de lua cheia e tu já sabe o que vai acontecer. Vamos te amarrar pra que tu não machuque ninguém, tudo bem?

Encolhido no chão, ele começou a chorar.

– Eu nunca... – começou, entre um soluço e outro – ...nunca quis matar ninguém. Eu vou pro inferno, não vou?

– Talvez não – Toninho tentou consolá-lo.

O homem gemeu.

– Eu posso ler tua mente. Tu é um caçador de *demônios*, não de gente de bem.

Toninho estava exposto. Aquele homem tinha acesso ao único lugar onde ele sempre se sentira seguro. E, quanto mais tentava evitar pensar em algo, mais revelava sobre seus segredos. Ele tinha medo do pobre homem à sua frente e, inescrupulosamente, pensava que seria muito mais fácil matá-lo na sua forma humana do que na de lobisomem, se a situação assim exigisse. Tinha raiva de Josefa, por tê-lo feito conversar com o cabra e agora sentir-se culpado ao cogitar matá-lo. Tinha raiva e ao mesmo tempo a admirava. Mas a admirava apenas agora, depois de oito meses caçando juntos...

No primeiro encontro dos dois, também pensara em matar a maga. *Quando é que eu passei de caçador a assassino? Será que eu sou mesmo tão diferente assim dos monstros que caço?* Os olhos dos dois homens permaneciam fixos uns nos outros, enquanto tudo aquilo fluía da mente do caçador para a do lobisomem. E, por um breve momento, Toninho viu a pena que sentia de José refletida nos olhos do outro.

– Para de pensar na morte da bezerra e me dê uma mão aqui, Toninho.

A maga tirava metros e mais metros de corda da bolsa. O caçador foi desenrolando tudo e se ajoelhou ao lado de José.

– Dê várias voltas nos tornozelos, depois nos pulsos, depois é só dar um nó em tudo na frente do corpo.

Como um porco amarrado, Toninho pensou, apenas para em seguida sentir-se ele mesmo um suíno. Meneou a cabeça e balançou a mão perto do ouvido, tentando enxotar os pensamentos incômodos como se faz com um mosquito. O homem ingenuamente acredita que o pensamento não fere, quando a bem da verdade são suas crenças que esculpem seu caráter. Toninho prometeu a si mesmo que tentaria ser melhor dali em diante, que criticaria seus próprios preconceitos e controlaria pensamentos maldosos. Talvez um dia, então, ele os expurgasse de vez.

José se deixou amarrar, dócil e conformado, mas os gemidos sofridos continuavam. A pele dele estava quente, o caçador percebeu ao tocá-lo. E mais que isso, tinha uma textura estranha. Olhando fixamente, era possível ver algo se movendo, pressionando por baixo da pele fluida. Era o monstro que queria sair de sua prisão.

O próximo grito de José foi semelhante a um uivo. Emanava dor, pura e seca.

– Josefa, acho que não falta muito pra acontecer.

A maga veio ajudar a prender o homem. Ela explicou que era importante deixar as cordas um pouco frouxas para que não arrebentassem na transformação. Baseando-se em sua experiência, Josefa calculou o quanto o corpo cresceria e então determinou o comprimento total necessário.

– Era mais seguro encantar as cordas com um feitiço pra ficarem inquebráveis – ela disse. – Mas não temos tempo agora, eu devia ter pensado nisso antes.

Fizeram o melhor possível. Para Toninho, as amarras pareciam bem sólidas, impossível escapar mesmo com a força de dez homens. A respiração de José estava bastante acelerada nesse ponto, e seus gemidos fariam até os corações mais gelados compadecerem-se. O caçador gostaria de ajudar, de amenizar o sofrimento dele, mas não havia nada que pudesse fazer. E fazer nada era uma tortura.

– Era assim que tu ajudava teu amigo lobisomem, lhe amarrando antes da transformação? – Toninho perguntou, tentando se distrair.

Josefa deixou escapar um riso curto, debochado.

– Ah, não, Tito não precisava da minha ajuda. Não precisava da ajuda de ninguém – ela respondeu, de um jeito nostálgico. – Ele já era um lobo experiente, tava sempre preparado. Conhecia lugares pra se abrigar na lua cheia e carregava algemas e correntes grossas. – Josefa virou-se para José. – Amanhã, quando o pior tiver passado, podemos discutir alternativas pra tu também. Não é fácil, mas dá pra levar uma vida quase normal, acredite em mim.

O homem assentiu e encarou a maga por alguns instantes. Era estranho pensar que aquele sujeito provavelmente sabia muito mais sobre os mistérios e segredos de Josefa do que Toninho saberia mesmo se passasse a vida ao lado dela.

– E o que aconteceu com vocês? – Toninho perguntou, e em seguida corrigiu-se: – Quer dizer, o que aconteceu com o tal do Tito?

Josefa hesitou por alguns instantes. Olhou de esguelha para José, sobrancelhas franzidas.

– Cada um tomou seu rumo... Não tenho notícias dele há muitos anos.

O grito de José interrompeu a conversa de vez. O ruído que se seguiu trouxe um gosto amargo à boca de Toninho; estalidos sucessivos, como o ruído de se pisar em um chão coberto de galhos secos. Eram os ossos do cabra se quebrando.

O caçador fez um esforço sobre-humano para manter os olhos abertos, e o que viu fez com que desejasse tê-los fechado: os pelos crescendo rápido e envolvendo toda a superfície de sua pele, a mandíbula e ombros deslocando-se, a carne estirando-se como se fosse de borracha. As enormes presas projetaram-se para fora, rasgando as gengivas.

A besta em transformação, estirada ao chão com as quatro patas amarradas, emitiu um rosnado gutural. Então franziu o focinho, exibindo os recém-crescidos dentes, e projetou-se para a frente, tentando abocanhar as duas pessoas com quem se encontrava naquele casebre mal iluminado. Instintivamente, Toninho deu dois passos para trás e sacou o punhal de prata.

– Calma – Josefa pediu, pousando uma mão sobre

a arma e silenciosamente pedindo que Toninho a devolvesse à bainha. – Ele não pode nos fazer mal.

O processo brutal continuou. A cauda continuou a se alongar, assim como as patas. Os músculos inchavam sob o couro e a criatura tornava-se cada vez maior. Toninho tentava manter a calma respirando fundo, conforme Josefa havia solicitado.

Então sentiu a mão gelada dela na sua e a encarou. A maga estava pálida, e pela primeira vez não parecia tão confiante.

– Ele está ficando maior do que eu pensava, Toninho... Não sei se...

Entre uivos e rosnados, foi possível ouvir as fibras das cordas rangerem.

Josefa puxou o companheiro e correu em direção à porta. Enquanto ela virava a chave na fechadura, Toninho se virava na direção do monstro. Não podia arriscar a vida de ninguém, menos ainda a de Josefa. Segurou o punhal de prata pelo cabo, mirou na criatura que se contorcia e já começava a se soltar das cordas e, num movimento rápido, lançou a lâmina.

Josefa deu um safanão em seu braço bem na hora, e o punhal errou o alvo e bateu na parede.

– Ainda não precisamos matá-lo! – ela gritou, ao mesmo tempo em que puxava Toninho para o lado de fora.

Os dois se apoiaram na porta e trancaram-na por fora. Ouviram um uivo feroz e em seguida sentiram o baque forte na porta. E mais um. A madeira começou a estalar, cedendo à força do monstro.

Josefa sacou seu galho de cajueiro da bolsa e Toninho sacou sua peixeira, que entre as diversas propriedades mágicas, também era de prata.

— Não, Toninho! Ninguém vai morrer hoje — Josefa afirmou com convicção. — Eu vou dar um jeito de levar José pra longe daqui, vá-se embora.

Toninho hesitou, mas acabou chamando Véia com um assobio. Nesse momento, o focinho e dentes do lobisomem apareceram por entre as lascas de madeira da porta.

— Sebo nas canelas, Toninho! — ela gritou, dessa vez perdendo a calma que mantivera até então.

Toninho montou no lombo da mula encantada e teve tempo de ver o lobo forçando o tronco para fora da porta. Os olhares do monstro e do caçador se cruzaram por alguns segundos.

— Aqui, cachorrinho, aqui! — Josefa o chamou, de cima do galho. — Vem por aqui, que carne de maga é mais doce!

A mula disparou em velocidade total em direção ao centro de Inhambupe e Toninho teve tempo de ouvir o rosnado irado e o estilhaçar final da porta. Depois ouviu o único som que poderia fazê-lo desistir da fuga:

— Não! Não! — Josefa gritou.

Aquilo fez caçador e montaria estacarem; a maga poderia estar em perigo. Toninho virou-se para ver o que acontecia.

A besta corria em sua direção.

Josefa seguia o lobisomem de perto, de cima do galho, gritando, tacando-lhe coisas, tentando chamar sua atenção a qualquer custo. Mas os olhos amarelados do lobisomem estavam fixos no caçador. Talvez, por algum instinto primitivo, ele soubesse que Toninho tentara lhe matar poucos minutos antes.

O caçador engoliu em seco e sacudiu as rédeas. Véia

baixou a cabeça e disparou, cavalgando mais rápido que nunca. Ele precisava ir em frente, não desacelerar, pois sabia que o monstro o pegaria na primeira curva que tentasse fazer.

Aquela rua levaria até a praça da igreja. A igreja estava apinhada de gente.

Se correr, o bicho pega, se ficar, o bicho come.

Toninho elaborou um plano: continuaria, passaria pela praça da igreja e seguiria reto em direção à estrada, levando o monstro para longe, em seus calcanhares. Contudo, numa olhada por cima do ombro, viu que o lobo se aproximava rápido. Rápido por demais. Percebendo que não conseguiria chegar à estrada a tempo, Toninho então puxou as rédeas e freou de forma súbita. O lobisomem passou por ele, derrapando na terra, e o caçador desmontou num pulo e sacou a peixeira.

Se Toninho conseguisse feri-lo com a lâmina, mataria o bicho. O problema era conseguir fazer isso sem morrer antes. A criatura virou-se e mostrou os dentes, salivando; parecia saber que a presa não tinha escapatória.

Toninho engoliu em seco e correu para o duelo – e possivelmente para a morte –, peixeira à frente, pronta para o ataque. O lobo uivou e também partiu ao seu encontro.

O estalido seco de um tiro rasgou o ar da noite e a carne do lobisomem, fazendo-o desabar ao chão. Toninho deu um salto para o lado e rolou sobre o próprio corpo para sair do caminho. De joelho no chão, virou-se e viu Josefa com uma pistola na mão e determinação no olhar duro. Observou o lobisomem e viu que, além do sangue que jorrava, uma fumaça preta emanava do ferimento. Isso significava que a bala era de prata e que não havia salvação para o lobo ou para o homem.

O sofrimento durou poucos segundos. Com um último lamento canino, o monstro suspirou e parou de se mover.

— Desculpa, José — Josefa sussurrou, aproximando-se do corpo inerte.

As pessoas que estavam na igreja saíram, primeiro devagar, depois em enxurrada. A notícia foi passada, boca a boca, de que o monstro estava morto. Um círculo se formou em volta dos caçadores e do falecido lobo. Todos falavam e gritavam ao mesmo tempo, horrorizados com a terrível aparência da criatura.

O padre foi o primeiro a se aproximar de Josefa.

— Tu nos salvou, minha filha. Que Deus te abençoe.

A maga o encarou de canto de olho. Parecia que lhe daria uma resposta atravessada, mas desistiu.

— Ele matou alguém hoje? — uma pessoa gritou a pergunta acima das outras vozes.

Toninho estava prestes a responder que não, mas a companheira foi mais rápida:

— Matou — ela anunciou. — Um tal de José. Cabelos castanhos, lá pelos seus quarenta anos.

Uma lamúria brotou e cresceu conforme a tragédia era divulgada. José aparentemente era alguém muito querido entre os moradores de Inhambupe.

— E onde está o corpo? — outra pessoa qualquer quis saber.

— Dentro do monstro — Toninho respondeu, e novos gritos inconformados brotaram. Muitos reclamaram que não poderiam nem ao menos velar o querido amigo. — E se enterrarmos o lobo? Assim pelo menos garantimos um enterro digno ao homem.

Josefa olhou para o caçador e assentiu com a cabeça em gratidão. O resto da população pareceu concordar.

– Tu vai pegar alguma coisa antes que eles recolham o corpo? – Toninho sussurrou para a maga. – Pelo de lobisomem? Raspa de unha, sangue?

– Não, isso não – ela respondeu. Então se abaixou e tomou nas mãos o cartucho da bala disparada. – Vou guardar apenas a bala pra me lembrar que eu poderia ter evitado isso. Se tivéssemos encontrado José antes...

– Tu fez o que tinha de ser feito – Toninho a consolou. – O destino às vezes é cruel e não oferece nenhuma boa escolha. Era matar ou deixar matar.

Os dois preferiram não permanecer para o inédito enterro de lobisomem. Aquilo parecia ter cutucado uma ferida ainda não curada do passado de Josefa, e Toninho não queria mais vê-la sofrer.

Arrumaram abrigo em uma casa e alguém trouxe uma sopa de mocotó para os heróis. Jantaram em silêncio.

– Tá tudo bem? – ele perguntou, quando mais uma vez percebeu o olhar dela desfocado do presente.

Josefa suspirou.

– Tava aqui pensando onde foi que eu errei – ela respondeu, meneando a cabeça. – Tito era italiano, já conheci lobisomens brasileiros também. E eles eram muito menores quando transformados. Talvez José fosse descendente de holandeses, dizem que lobisomens holandeses são enormes. Eu devia ter deixado as cordas mais frouxas...

– Tu não tinha como saber – Toninho disse, pousando uma mão consoladora sobre a dela. – E não havia nada mais que tu pudesse fazer depois que ele escapou.

— Eu podia ter tentado fazer um feitiço para prendê-lo, conjurar uma gaiola, qualquer coisa.

— Se tu não tentou, era porque não dava pra fazer. Nunca vi tu dar menos que o teu melhor — o caçador insistiu, apertando a mão dela com a sua. — Aliás... antes da transformação eu tava pensando sobre isso. Sobre como... como acabei por te admirar tanto.

Os olhos dos dois ficaram presos uns aos outros por alguns segundos. Foi Josefa quem desviou primeiro, ao mesmo tempo em que puxou a mão, libertando-a da dele.

— Toninho, tenho algo a te dizer — ela revelou.

— Pois diga.

— Acho que chegou o momento em que nossos caminhos se separam.

Aquilo o pegou tão desprevenido que sua boca pendeu aberta por vários segundos antes que ele pudesse dizer qualquer coisa.

— Por quê? Foi algo que eu disse?

— Deixe de asneira — Josefa respondeu. — É que preciso resolver algumas coisas, só isso.

— Ah, mas se for só por isso, talvez eu possa te ajudar — ele ofereceu. — Alguma caçada em específico?

Ela fitou as próprias mãos.

— É algo que tenho que fazer sozinha, sinto muito.

Josefa arrastou a pesada cadeira de madeira e se levantou.

— Saio cedo, então não sei se a gente se vê amanhã — ela anunciou, como se aquilo nada fosse. Então estendeu uma mão. — Obrigada por ter caçado comigo, Toninho.

Ele apertou a mão dela de forma incerta, encarando-a, procurando por respostas, mas incapaz de pronunciar uma palavra sequer. A história deles não poderia acabar daquele jeito.

Josefa sorriu e caminhou em direção à porta. Toninho assistiu-a sair, sentindo-se impotente. Não podia permitir que ela partisse.

Mas *permitir* era um verbo inexistente quando se tratava de Josefa.

CAPÍTULO 10
O REPENTE DO INFERNO

O cara mais underground
Que eu conheço é o diabo
Que no inferno toca cover
Das canções celestiais
Com sua banda formada
Só por anjos decaídos
A plateia pega fogo
Quando rolam os festivais.

Zeca Baleiro,
"Heavy metal do Senhor"

Josefa havia partido.

Levava consigo um sentimento inesperado: a dor de ter deixado o caçador para trás. Mas, afinal, se juntara a Toninho para conseguir o que precisava e agora a parceria não mais fazia sentido. E, mesmo que fizesse, o caçador provavelmente não continuaria com ela se soubesse que havia sido usado aquele tempo todo.

Tirou da bolsa os objetos que recolhera das missões anteriores, torcendo para que fosse suficiente: o boneco de vodu carbonizado, a corda encantada com a qual enlaçara uma vampira, a cartola de uma múmia de coronel, uma escama de dragão, a lamparina que abrigara um gênio, o manuscrito com o ritual para criar um *golem*, um vidrinho com sangue de chupa-cabra e o cartucho de uma bala de prata com a qual matara um lobisomem. Os objetos emanavam poder e ela estava prestes a utilizá-los para selar o pacto mais ambicioso que já fizera.

Viajara dois dias para chegar até Samambaia, um pequeno povoado no agreste sergipano. Aquele lugar, miserável no plano material, tinha grande energia espiritual. Josefa escolheu o topo da Serra da Saúde para a conjuração; um lugar tranquilo, isolado e ao mesmo tempo poderoso.

Começou a desenhar no chão a chave com as nuances específicas para invocar aquela entidade. Era algo complicado, que exigia uma perfeição delicada, nomes bem conhecidos, desenhos que pareciam obras de arte e inscrições em uma língua etérea nunca falada por seres humanos. Foram décadas de pesquisa e muitos experimentos até que conseguisse conjurá-lo pela primeira vez. Lembrou-se do pavor que percorrera suas veias naquele dia, das mãos suadas e das pernas bambas. Pensou que *ele* a transformaria em pó apenas pela ousadia. Mas não; ele apenas rira e aceitara firmar o pacto.

Mesmo agora a maga estava nervosa. Havia cumprido sua parte durante aquele ano, mas como ter certeza de que ele manteria a palavra? As linhas da chave saíam tortas, tamanho o tremor das mãos, mas no fundo sabia que ele não se importaria.

Josefa temia poucas coisas. O inferno era a pior delas.

Começou a recitar as palavras em latim. Quando se tratava de um exorcismo, as palavras proferidas naquela língua a feriam, afinal, havia uma parte demônio dentro da maga que reagia e lutava contra aquilo. Mas, o que estava fazendo ali era um ritual de invocação. A chave de giz brilhou e um vapor branco começou a se desprender do chão. Estava funcionando: ventos fortes anunciavam a sua chegada. A presença dele tinha cheiro de terra molhada.

– Que diabos tu tá fazendo?!

Josefa virou-se e encarou os olhos acusadores de Toninho. Pensou em perguntar como ele a encontrara, mas sabia que Véia tinha um faro mágico bastante aguçado. Não havia tempo a perder com conversas tolas ou explicações.

– Tu não devia estar aqui – ela respondeu, tentando parecer calma. – Rapa fora, Toninho, antes que seja tarde demais.

Ele a encarava com uma decepção dilaceradora. Olhava para a chave e em seguida para a maga, chave para a maga, chave-maga, chave-maga, chave-maga...

– Tu tá me deixando zonza...

– Tu fez um pacto com o capeta! – ele gritou. – Usando os objetos das nossas caçadas. Me usando! Como eu pude ser tão estúpido?

– Toninho, eu não fiz um pacto com...

– Eu tô vendo a Chave de Salomão, mentirosa!

Ele estava fora de si.

– Toninho, o pacto que eu fiz...

– Ah-rá! Então tu confessa?!

Josefa sentiu a presença antes mesmo de ouvir a voz. *Ele* havia chegado.

– O maior pecado que Josefa cometeu foi ter nascido filha do diabo.

Aquela voz de brisa fresca fez os dois se calarem. Toninho arregalou os olhos e virou-se devagar. Josefa percebia que o caçador também se sentia quase oprimido estando tão próximo daquele ser.

Dessa vez, a aparência dele estava diferente. Ele estava com uma camisa branca de linho, um gibão de couro, calças e botas. Seus cabelos eram escuros e grossos, seu corpo meio mirrado, nem alto, nem baixo, pele morena e queimada de sol. Uma figura comum, que passaria despercebida em qualquer lugar. Bem diferente da primeira vez que Josefa o conjurara, em que havia surgido como uma mulher negra de dois metros de altura, com tranças cor de rosa e vestida em um pijama quente com aparência de algodão doce.

– O que... quem é... – o caçador começou, incapaz de formular qualquer pergunta.

– Tu sabes quem eu sou – o homem afirmou. – Teu coração sabe, meu filho.

Josefa suspirou, levantou o queixo de Toninho com uma das mãos e com a outra apontou para o misterioso sujeito.

– Toninho, Deus. Deus, Toninho.

O caçador olhou para a maga e para Deus, para maga e Deus, maga e Deus, maga-Deus, maga-Deus, maga-Deus...

– Tu tá me deixando zonza de novo, cabra!

– Tu invocou... tu conjurou... Deus?!

Josefa assentiu com a cabeça. Aquela era uma longa história, então resolveu dar um breve resumo.

– Invoquei. Fiz um pacto com ele e vendi minha alma.

– Vendeu tua alma? Pra Deus?! Tu só pode estar zombando da minha cara, pelo amor de Deus... – Toninho virou-se para Deus, aparentemente embaraçado por falar dele como se não estivesse ali. – O Senhor que me perdoe a falta de respeito, se tu for Deus mesmo... quer dizer, não que eu duvide... nem que eu acredite...

– Toninho, essa é uma conversa particular, se tu puder nos dar licença – a maga começou.

– Deixa que ele fique – Deus interrompeu. – Afinal, ele é uma das provas de bondade mais importantes que tu trouxeste.

– Eu?

— Sim, Toninho. Tu rezaste um dia pela salvação da alma da tua amiga. Pois bem, estou prestes a dar meu veredito.

O caçador ficou vermelho feito um pimentão. Josefa não sabia se ria ou se lhe dava um abraço.

— Também não foi assim, uma *reza*, dessas de promessa e tudo – o caçador tentou se explicar. – Foi uma oraçãozinha, no meio de outros pedidos que eu tinha. Não é mesmo, Senhor?

— Claro – ele respondeu, com uma piscadela. – Mas vamos ao que interessa.

Josefa engoliu em seco, enquanto Deus desenrolava um manuscrito sagrado e começava a passar seu dedo divino por cada linha enquanto lia em voz alta:

— Demônio, vampira, múmia... Hum. Interessante.

— O quê? – Josefa perguntou, incapaz de se conter.

— Está escrito aqui que tu usaste magia maléfica nesse caso da múmia.

— Eu bem que avisei, Senhor, mas ela não quis me ouvir...

Josefa deu um cutucão no caçador.

— Deixaste escapar o dragão – Deus disse, mais para si do que para os outros dois. – Uma jogada ousada. Pouco ortodoxa, mas advinda de bons sentimentos.

Foi a vez de Toninho dar um cutucão na maga. Ela virou-se para ele, e o caçador fez um joinha com a mão. Josefa mordeu o lábio, mas acabou deixando um sorriso escapar no canto da boca.

— Foi realmente uma pena que tiveste que matar o lobisomem – Deus lamentou. – Aliás, José mandou lembranças.

Deus começou a rabiscar algumas coisas no manuscrito e depois a fazer contas com os dedos. Josefa novamente olhou de relance para Toninho e viu que ele estava de dedos cruzados atrás das costas. Era uma superstição boba. Josefa cruzou os seus também.

– Josefa, apesar dos pequenos deslizes, tu cumpriste nosso acordo. Tua alma está oficialmente salva.

A maga levou a mão ao coração. Poderia chorar de felicidade se fosse dada àquele tipo de demonstração emotiva. Mas antes que pudesse comemorar, ouviu-se um estalido, e um cheiro de enxofre envolveu a Serra da Saúde.

– Epa, epa, epa! Tá tendo festa e ninguém me chamou?

– Mãe amada – Toninho disse ao ver o capeta, fazendo o sinal da cruz.

O tinhoso era o próprio estereótipo: corpo vermelho, queixo pontudo, chifres de bode. Josefa já sonhara com ele muitas vezes e não se deixou impressionar. Não sentia medo de seu ausente pai biológico, apenas raiva. Como muitos outros filhos daquele grande país chamado Brasil.

– Vai-te embora, não és bem-vindo aqui – Deus ordenou.

O capeta riu, divertindo-se muito.

– Ah, eu vou. Eu vou assim que tu me der de volta o que roubou, ladrão de almas alheias.

– Ei, isso lá é jeito de falar com Deus? – Toninho retrucou.

O sete-pele o encarou e o caçador murchou o peito.

– Tem muita gente que ficaria feliz em te ver lá embaixo, Antônio Francisco da Silva Teixeira. Todo mundo que tu mandou pro inferno – o monstro disse, sorrindo e exibindo dentes podres para o caçador. – E tu também, filhinha. Tem muita gente aguardando a tua chegada.

Josefa sorriu de volta.

– Pois avise que, infelizmente, não vou poder

comparecer. Comprei meu lugar no céu por um punhado de bondade.

– Mas aí é que tá – ele respondeu, o indicador com uma unha enorme apontado para cima. – Esse negócio de pacto com Deus não existe, não, queridinha. Quem criou o conceito de pacto fui eu, e a patente só cai daqui a duzentos e trinta mil anos. Isso é pirataria.

Josefa meneou a cabeça, zombando do Diabo, mas seu sorriso morreu assim que viu a cara de Deus. Ele parecia preocupado.

– Não sejas um mau perdedor, coisa-ruim – Deus falou.

– Tá dizendo isso porque sabe que eu tenho razão – o diabo respondeu. – Eu nunca tive essa vida boa que tu tem, não. Nenhuma alma vem para mim de mão beijada, a partir do nascimento. Eu tenho que batalhar por cada uma, oferecer algo em troca, negociar. Sabe o quão difícil tem sido desvirtuar as pessoas ultimamente? Mas tudo bem, é de alma em alma que o inferno enche o papo.

– Seja misericordioso por uma vez na eternidade – Deus disse, em tom de bronca.

O diabo se curvou sobre a barriga para rir. Não demorou para lhe surgirem lágrimas nos olhos.

– Essa foi ótima, ó, todo poderoso – ele respondeu, recuperando o fôlego. – Vou contar essa piada lá embaixo, o pessoal vai se mijar de tanto rir. Te espero após a morte, Josefa.

A maga estava em choque. Depois de tudo que havia feito... Seus olhos se cruzaram com os de Deus. Por fora ela estava impassível, mas por dentro suplicava por ajuda.

– Tenho uma proposta – Deus anunciou.

O capeta sorriu e seus olhos faiscaram.

– Tu sabe que tô sempre aberto a uma boa negociação.

— Vamos competir pela alma. Um desafio — Deus explicou. — Quem vencer fica com Josefa.

O sorriso do diabo se alargou ainda mais.

— Gosto da ideia. Mas tu tem que por algo na mesa, essa alma já é minha por direito.

— Sabes que não posso oferecer a alma de ninguém, Lúcifer.

— Pois eu posso — Toninho disse, e Josefa virou-se para ele, assustada. O caçador a encarou de volta, confiante. — Eu ponho a minha alma nessa tal competição.

Deus o avaliou por alguns segundos. Talvez ele não controlasse realmente o destino, pois parecia genuinamente surpreso.

— Tens certeza, meu filho?

— Toninho, não...

— Sim, Senhor — o caçador interrompeu a maga. — É hora de provar que tenho fé em Deus.

Josefa estava confusa e se sentia culpada. Nunca arriscaria a alma do amigo de propósito, mas não podia obrigá-lo a desistir. Poderia Deus perder qualquer coisa contra o diabo?

— Mas que tipo de desafio é esse? — ela quis saber.

E nesse momento, foi a vez de Deus sorrir.

— Um desafio de repente.

Os juízes seriam as pessoas do povoado de Samambaia, que já começavam a formar um grande círculo na praça do centro. O diabo quis manter segredo sobre a real identidade dos competidores — argumentou que diabofobia sempre existira e que Deus tinha que abrir mão de sua posição privilegiada para que aquilo fosse justo — e se disfarçou de ser humano. Ainda com seu queixo pontiagudo, portando um bigode bem cuidado, ninguém duvidaria que aquele fosse um cabra qualquer.

Arrumaram dois pandeiros. Deus e o Diabo se posicionaram um em frente ao outro, no centro da roda, e encararam-se como antigos concorrentes.

– Tu é ainda mais abestado do que eu pensava – Josefa sussurrou, enquanto aguardavam que o desafio começasse.

– Deus vai ganhar – Toninho afirmou. – Repente é poesia, e não há maior poeta que o criador.

O diabo foi o primeiro a sacudir o pandeiro, feito uma cascavel, com sorriso confiante de gente sabida. Com olhos atentos e grande expectativa, a população se aquietou. Josefa prendeu a respiração e desejou que ele se engasgasse nos próprios versos.

– Se tem um povo trabalhador
É o povo do Nordeste
Corta cana sob o calor
Chega em casa 'inda agradece
Quando chove verde é cor
E mandacaru floresce
Mas na seca a vida é dor
Deus se esqueceu do agreste?

Aplausos e vaias. Josefa não gostava de ouvir uma região inteira sendo resumida a seca e dor. Mas olhou em volta e viu muitos acenando a cabeça, confirmando que o homem tampouco estava de todo errado. Havia ali gente que já havia passado fome, sobrevivido a secas longas e difíceis. Havia os que trabalhavam sob o sol todo dia, de domingo a domingo, as mãos calejadas de tanto roçar a terra. Alguns gastavam a sola toda do único sapato nas estradas áridas quando precisavam viajar. Com certeza, uns já haviam precisado matar os bois quando não havia como alimentá-los.

E o demônio conhecia em profundidade o sofrimento que levava muitos deles a recorrer a seus favores.

Em seguida, foi a vez de Deus silenciar a todos com dois toques no pandeiro.

> *– Pois o agreste para mim é milagre,*
> *Prova de um Deus insistente!*
> *Mesmo com tanto problema*
> *A vida segue em frente.*
> *E olhe pra cara do povo:*
> *Lutador, porém contente.*
> *A cada ano novo*
> *Fé renovada, esperança presente*
> *De onde Deus estiver ouvindo*
> *Sente orgulho dessa gente.*

Toninho aplaudiu com força e foi seguido pela multidão. Josefa usou o polegar e o indicador para assobiar. Se o diabo ouvia as reclamações sofridas de quem acabava se decidindo por um pacto, Deus ouvia os agradecimentos todas as noites.

O diabo meneou a cabeça e sorriu.

> *– Tenha dó, homem!*
> *Fé não enche a pança*
> *Religião não se come*
> *Quando chora a criança*
> *Dói saber que é de fome*
> *De que adianta nessa hora*
> *De Deus chamar o nome?*

Deus emendou a resposta, antes mesmo de esperar a reação do público:

– É, a vida pode ser sofrida,
Ter no bolso, só o fundo,
E por vezes, mesa exígua.
Mesmo assim o sertanejo
Faz questão de reparti-la.
Quando os recursos são escassos
A bondade não vacila.

O Diabo mostrou os dentes, irritado.

– E falando de bondade,
Por que tudo que é bom é pecado?
O que parece certo pro cabra
O padre diz que é errado
Ter mais de uma namorada
Sair do boteco mamado
No Nordeste dificuldade é de graça
Mas alegria não vende fiado.

Ao que Deus rebateu:

– Mas o que é isso, meu caro?
Só acha bom o que é errado
O cabra que é safado
Pode ser feliz o casado,
O solteiro e o namorado
O que Deus não gosta
É de ver povo enganado
E para o que cai em tentação
Porque ninguém é imaculado

*O arrependimento traz perdão
Para o filho bem-amado*

*– Amor de verdade é perene
E não rio intermitente
Se Deus ama mesmo o agreste
Por que é que é tão conivente?
Aqui tem seca, tem fome, tem crime
Não tem povo que aguente!
O deus do Nordeste é o homem
É disso que fala meu repente.*

O povo aplaudiu com força. Josefa se preocupou porque o diabo parecia finalmente ter tocado o coração daquela gente. Tocara mesmo o seu, para ser sincera. Aquelas pessoas tinham algo de divino e era bom ouvir alguém reconhecer isso. Deus trincou os dentes e meneou a cabeça; ele também parecia preocupado.

*– Quem ama deixa voar
O homem toma a decisão
E a Deus cabe ensinar
E estender a mão
A regra é simples, vou lhe contar:
Pro cabra que vive direito
O ponto final é o paraíso eterno
Se pelo próximo não tem respeito
Se perde e vai para o inferno
Pra gente como tu, compadre
Que destila ódio no falatório
O melhor que se pode esperar
É uma chance no purgatório.*

Palmas desmotivadas foram o máximo que Deus conseguiu com aquele verso desengonçado que mais parecia uma evangelização rasa. Josefa olhou para trás e depois para Toninho; como havia aceitado que ele se arriscasse daquele jeito? Estavam ambos fadados ao inferno, e o pior castigo dela seria a culpa de ver o companheiro sofrendo por toda a eternidade.

— E quem é que decide
O destino dos desgraçados?
Que deus é esse que só assiste
E acha fracasso engraçado?
Pois digo que se o diabo é a besta
É Deus o abestado
Se já escreve por linhas tortas
Desenhar destino tá lascado!

As pessoas riram de um jeito estranho, daquele que se ri de algo que no fundo não é engraçado. Deus lançou um olhar de quase pena ao diabo.

— Pois eu já me cansei
Desse papo de Deus e Diabo
De ficar contando desgraça
E deixar o que é bom de lado

Vamos falar da comida,
Macaxeira e queijo coalho
Cuscuz com leite de coco
Ou com charque salgado
E a música típica então?
Tem forró, samba e xaxado

Vamos aplaudir essa gente,
Que não é não só fome cansaço
Que visão mais pobre essa sua,
Visão de um ser limitado
Aqui tem coisa linda de sobra
E o agreste é, sim, muito amado.

E pare de falar do Nordeste,
Como se fosse só um estado
Por que não vai ler um livro
Pr'aprender onde tá errado?
Pra terminar agradeço o presente,
Olho pro futuro e exalto o passado.

Deus deu um tapa no pandeiro, finalizando o desafio.

O diabo foi o primeiro a chamar os votos: fez chiar o pandeiro e fez uma reverência, esperando sua salva de palmas. Mas, graças a Deus, elas foram quase inexistentes. Josefa entendia o ponto de vista dele: achava que jogando nas fuças do povo a própria desgraça, as pessoas se sentiriam agradecidas pela aclaração de sua situação. Mas a verdade é que o ser humano tem uma chama dentro de si que arde cada vez mais forte conforme a vida aperta, e não aceita que ninguém tente apagá-la.

Foi a vez de Deus sacudir o pandeiro, abrir os braços e se abaixar em agradecimento. O povo louvou o Senhor, sem nem saber que o fazia. Era o tipo de oração que agradava a Josefa; algo que não era religioso, mas era sagrado. A felicidade e satisfação vindas daqueles momentos simples do dia a dia.

O diabo cerrou os dentes, furioso.

– É por isso que vocês não saem da desgraça! – ele gritou para a multidão, e foi logo enxotado a vaias.

Josefa finalmente soltou a respiração. Olhou para o capeta, que se afastava a passos largos, esperando que ele voltasse para clamar sua alma novamente. Afinal, satanás é cheio de artimanhas, e a maga não ficaria surpresa se ele dissesse que aquilo tudo fora uma brincadeira.

Deus se aproximou.

– Tua alma está a salvo, minha filha. E a tua também, Toninho.

Josefa se permitiu um sorriso precavido.

– Quer dizer que já conquistei uma cadeira cativa no céu? – o caçador quis saber.

– Não existe tal tipo de garantia – Deus explicou, meneando a cabeça em advertência. – É preciso continuar vivendo da melhor forma possível.

– Mas como é que eu vou saber se tô no caminho certo? – Toninho perguntou. Pareceu hesitar antes de continuar. – O Senhor sabe, né, caçando criaturas por aí não é sempre que dá tempo de rezar, agradecer e tudo mais...

– Não é o caminho que tomas, Toninho, é a direção que segues – Deus disse, com ar de divindade. – Quanto a rezar... Bom, para algumas pessoas a religião pode servir de guia e conforto, para outros ela se tornou um instrumento para justificar o mal que fazem. Mas não é necessário seguir uma religião ou acreditar em qualquer coisa divina; basta praticar a bondade, cuidar do próximo, lutar por uma sociedade mais justa. É isso o que importa.

Para Josefa, aquilo era óbvio. Rezar ou ir à missa não melhoravam o mundo, atos concretos, sim. O caçador assentiu com a cabeça e depois pareceu se lembrar de mais um detalhe.

– Mas e se eu cometer um pecadinho, assim, sem querer?

— Nenhum homem é santo. Bem, tirando aqueles que são — Deus explicou. — Mas é importante lembrar que a vida não pode ser resumida a uma visão maniqueísta. Não existe só o bem e o mal. Seres humanos são imperfeitos, moldados por seus privilégios ou pela falta deles, e todos erram: alguns com boas intenções, outros, forçados pelas condições a que são submetidos. As pessoas movem-se guiadas por seu conhecimento limitado, caem ao ter suas certezas destroçadas pela realidade e depois continuam, muitas vezes com as forças renovadas pelas descobertas. — Deus fez uma pausa. Josefa fungou e piscou, sentindo que um cisco provavelmente havia caído em seus olhos. — Mas, claro, há aqueles que escolhem se agarrar à própria arrogância e, por mais que se diga o contrário aqui na Terra, se arrepender nem sempre é suficiente. Alguns desvios não têm volta. Pactos com demônios e magia satânica são dois deles, dona Josefa.

— Sim, Senhor — ela respondeu.

— Vejo vocês no céu. Ou assim espero.

Dito isso, Deus entregou o pandeiro na mão de Toninho e caminhou na mesma direção em que tinha partido o diabo. No caminho, pousou a mão divina no ombro de um homem, que logo começou a gritar que podia enxergar. Aos berros de "milagre, milagre", a população se dispersou rumo ao recém-abençoado.

— Tu podia ter me contado sobre esse teu pacto às avessas — Toninho disse à maga, como quem não quer nada.

— Não podia, não — ela respondeu. — Deus disse que se eu falasse a verdade, de duas uma: ou as pessoas achariam que eu tinha bebido demais ou me ajudariam em nome Dele. Tava escrito na cláusula cinco do contrato pactual: *não contarás*.

Toninho a espiou meio de lado, com as sobrancelhas franzidas e braços cruzados. Era a mesma expressão sempre que ele avaliava se a maga o estava fazendo de bobo ou não.

— Mas e agora, que que tu vai fazer?

— Não sei — Josefa respondeu. — Fiz tudo pensando nesse momento. Agora que minha alma tá salva, tô meio perdida.

— Tu ouviu o que o todo poderoso disse: tem que ficar na linha. Pensar na direção, sem se importar tanto com o caminho...

Josefa conteve um sorriso e fez cara de irritada.

— Que que tu tá propondo, estrupício? Diga logo.

— Se tu não tem nada melhor pra fazer, talvez continuar caçando seja um bom meio de se proteger do inferno.

— Eu e tu?

— Tu e eu, agora tudo igualzinho, cinquenta, cinquenta. — A maga abriu a boca para protestar, mas o caçador ergueu um indicador irritante. — A-a-ah! Bondade, pensar no próximo, lembra do que Deus falou? De agora em diante tu tem que ser mais justa e menos maldosa, senão, já sabe... — Toninho disse, apontando para baixo.

— Afe, tô vendo que eu vou acabar é morrendo de tédio — ela respondeu. — Tá bom, caçador, cinquenta, cinquenta, mas só porque ter a alma salva me deixou de bom humor.

Toninho cuspiu na mão e a estendeu à maga.

— Pacto de cuspe, caçador?

— Pois é, teus tempos de pacto de sangue acabaram, sinto lhe informar.

Josefa apertou a mão dele a contragosto.

— Por onde a gente começa? — ela perguntou, forçando um ar entediado.

— Na estrada ouvi uns caixeiros viajantes falando que os gigantes acordaram lá na Chapada Diamantina.

— Então vamos colocá-los pra dormir de novo.

A maga sacou o galho de cajueiro da bolsa. Toninho montou sobre Véia e deu um longo suspiro.

— Tu pode até estar com a alma salva, mas pra mim tu sempre será a filha do capeta.

— Ah, Toninho, quando tu fala assim meus dedos até coçam pra te transformar num xique-xique.

Da janela de uma casinha amarela, dois homens observavam a cena. O diabo deu uma cotovelada em Deus.

— Aposto dez almas que essa aí não demora pra voltar pro meu lado.

— Sabes muito bem que eu não aposto a alma dos meus filhos. A não ser, obviamente, que eles se voluntariem — Deus respondeu.

Toninho e Josefa logo chegaram à estrada de terra. O sol estava quente, os corações também. A beleza complexa da caatinga ladeava o caminho. Os dois caçadores partiam, lado a lado, rumo à próxima missão.

Agradecimentos

Ainda é difícil acreditar que Josefa, Toninho e Véia chegaram tão longe! E é tanta gratidão no coração que não sei nem se cabe no papel.

Gostaria de começar agradecendo alguns amigos que a literatura me deu e que me ajudaram na jornada até aqui. Jana Bianchi, meu primeiro obrigada é pra você! Minha gêmea literária, minha primeira leitora beta, parceira de eventos, de sessões de escrita e de longas conversas. Esses dias achei e-mails de 2015 em que você comemorava cada capítulo que eu terminava... e ter alguém pra te incentivar ao longo dessa maratona que é escrever um livro não tem preço. Thiago Lee, obrigada pela amizade maravilhosa, pelo apoio e pela oportunidade de fazer parte do *Curta Ficção*. Aprendi muito com você e continuo aprendendo! Fer Castro, obrigada pela resenha linda lá no início e por emprestar os ombros e as orelhas virtualmente! Quem tem amigos escritores tem tudo, e é maravilhoso trilhar esse caminho junto com vocês.

Jim, você foi a primeira pessoa consolidada no mercado a demonstrar interesse no que eu havia escrito. A felicidade que senti quando você elogiou o primeiro conto de Josefa e Toninho e se propôs a tentar me ajudar (e conseguiu de muitas formas) me moveu a terminar *O auto da maga Josefa*. Se não fosse a sua mensagem, talvez ele tivesse ficado pela metade, armazenado nos confins empoeirados do hardware de um laptop que nem funciona mais. Muito, muito obrigada!

Dani Lameira, até hoje não acredito que fui cara de pau e ingênua o suficiente pra te mandar uma mensagem e perguntar se você leria meu original. E mais inacreditável ainda é você ter dito *"Claro!"* e realmente ter lido e me ajudado ao longo do caminho. Obrigada, Dani, por tudo que você já fez e continua fazendo por mim. Você faz um bem danado ao meio editorial e tenho certeza de que vai continuar transformando muitas coisas! Fê Castilho, você me ensinou e me inspirou muito sem nem perceber. Um escritor talentoso, reconhecido e humilde. Obrigada por ser a pessoa que abre a rodinha e convida os deslocados para entrar (você literalmente fez isso comigo algumas vezes), pelos conselhos, pela empolgação inicial quando me ouviu falar sobre essa fantasia no agreste. Ian Fraser, você esteve presente em vários momentos durante a jornada dessa história e disposição em ajudar quem deixou tudo mais leve, seja em discussões na FLIP, conversas sobre financiamento coletivo e apoio quando precisei. Carol Chiovatto e Eric Novello, obrigada por serem tão queridos, gentis e acolhedores; é maravilhoso poder conviver e contar com escritores que admiro tanto.

Clara, Anna e Sol, deixo aqui um agradecimento enorme pelo excelente trabalho da Dame Blanche, que com certeza abriu portas importante pra mim – incluindo essa na Gutenberg! Com uma proposta diferenciada e muita dedicação, vocês estão transformando o mercado e alavancando muitos escritores de ficção especulativa. Obrigada!

Um obrigada gigantesco a todos os produtores de conteúdo e influenciadores que falaram sobre o livro, permitindo que ele tivesse um alcance muito maior que o esperado. Vou guardar pra sempre comigo a felicidade de ver os comentários, resenhas e vídeos elogiando *O auto da maga Josefa*!!! Um agradecimento especial para a Julia Calixto, provavelmente uma das minhas leitoras mais jovens; ver você no seu canal falando sobre essa história me encheu de alegria, obrigada por isso! Devo muito a cada pessoa que leu a primeira versão, ajudou divulgando ou veio me mandar uma mensagem de carinho. Aos incansáveis *panfletadores* dessa obra (menção honrosa para alguns dos mais antigos, Maria Clara, Regiane Winarski, AJ Oliveira, Lígia Colares, Marina Franconeti e Mary Paixão), aos amigos escritores e leitores do Twitter, àqueles com quem tive a oportunidade de interagir em eventos, às pessoas queridas que fizeram *fanarts* (alô, Johncito e Jânio Garcia) – minha gratidão não cabe no peito!

Preciso também agradecer todos que colocaram a mão na massa para tornar real o sonho de ver esse livro nas prateleiras. Flavia, em uma bienal de São Paulo pedi para a Jana nos apresentar porque já admirava muito seu trabalho. Ter a oportunidade de trabalhar com você só fez com que essa admiração crescesse exponencialmente. Que editora maravilhosa você é! Profissional, gentil, dedicada, com uma amplitude de visão que me deixa impressionada. Obrigada por ter apostado nesse livro e por ter feito cada etapa com tanto carinho – essa edição está incrível! E claro, isso só foi possível porque muitas outras pessoas estão envolvidas, então estendo esse agradecimento a toda a equipe editorial, comercial e de marketing da Gutenberg. Vito, obrigada por ter capturado tão bem a essência da história e transformado nessa capa maravilhosa, que presente! Diogo, obrigada pela direção de arte para chegarmos na melhor versão. Babi, me lembro de conversarmos na FLIP sobre esse livro e foi muito legal ver todo o seu cuidado na preparação! Breno, sua leitura e seus apontamentos para melhorar esse livro fizeram toda a diferença. Socorro, sou sua fã e para mim é uma honra e uma alegria enorme ter uma frase sua aqui e poder interagir com você. Camila, minha agente querida, obrigada por ser a ponte para fazer com que tudo isso acontecesse, e também pela empolgação e presença de aquecer o coração.

 Finalmente, não poderia deixar de mencionar minha família. Pai e mãe, obrigada por... tudo! Vocês são meu alicerce, meu exemplo, o bichinho na minha. Mãe, sua sensibilidade é sua fortaleza, aprendi com você a me colocar no lugar do outro. Pai, obrigada por instigar em mim uma curiosidade constante – às vezes parece que não tem nada no mundo que você não conheça ou queira conhecer. Tudo isso, além de todo o amor, carinho e apoio fizeram de mim uma escritora melhor. Pamila e Lipe, melhores irmãos do mundo, meus grandes amigos, sempre dispostos a me incentivar e me acolher. Ter alguém que constantemente diz ter orgulho de você dá forças para escalar qualquer montanha! Eliane, que bom ter você na minha vida; quem fala mal de sogra é porque não tem uma que ama ler "de um tudo", até as histórias inacabadas da nora. Você foi uma das minhas primeiras leitoras, sempre pronta pra me encher de elogios. Nem sei dizer quantas vezes você ficou com a Larinha pra que eu pudesse escrever e como isso me ajudou. Gui, Érica, Michel e Camila, irmãos que a vida me deu, obrigada pela amizade e apoio constante, na vida de escritora e fora dela. Obrigada também a toda a família: tios, primos, agregados e amigos que torceram por mim ao longo de todo o processo.

    Henrique, sonhar sozinha é difícil e você sonhou comigo o tempo todo. Obrigada por ser tão crítico com a primeira história que escrevi (estava chata mesmo)! Brincadeiras à parte, você nunca me negou sinceridade e talvez essa seja a forma mais pura e difícil de amar. Obrigada pelo apoio e pela vontade de encontrar maneiras para que eu continuasse escrevendo apesar da nossa rotina apertada. Nossas filhas vão poder um dia ler meus livros, quem sabe chegar na escola com esse aqui na mão dizendo "minha mãe que escreveu", e eu devo isso também a você. Te amo.

    O agradecimento mais especial de todos guardei para o final. É pra você, leitor. Como é maravilhoso pensar que mais alguém acabou de viver essa jornada junto com Toninho, Josefa e Véia! Foram anos de trabalho pra tentar tocar corações e arrancar sorrisos por algumas horas. Espero que eu tenha conseguido. Muito, muito obrigada por tornar esse sonho real.

Este livro foi composto com tipografia Adobe Garamond Pro e
impresso em papel Off-White 80 g/m² na Formato Artes Gráficas.